講談社文庫

電子の標的

警視庁特別捜査官・藤江康央

濱　嘉之

JN287157

講談社

目次

電子の標的　警視庁特別捜査官・藤江康央

プロローグ

「皆様、おくつろぎのところ申し訳ありません。ただ今、スペシャルゲストが到着されました。ステージにご注目ください」

パーティーが始まって一時間が過ぎたころ、司会者の声が会場に流れた。三百五十人を超える客の視線がステージに注がれる。と同時に、広大な庭園を一望するバンケットルームのカーテンが静かに閉ざされていく。

フロアの中心にいた今日の主賓であるパク在日韓国大使がゆっくりステージに向かって歩き出した。

会場の照明が緩やかに落とされ、ステージ脇の扉が開かれると、スポットライトが当てられた。そこには、オールバックの髪をジェルで整えた長身で肩幅の広い男が、黒のタキシード姿で立っていた。

「皆さん。今日のスペシャルゲストは、先週までソウルで韓日のために獅子奮迅の活躍をされ、このたび日本に帰国された、前在韓日本大使館一等書記官の藤江《ふじえ》康央《やすひろ》さんです。盛大な拍手でお迎えください」

司会者のアナウンスに、会場はどよめいた。

大きな拍手に迎えられながら、藤江はゆっくりとステージ中央に進むと、苦みばしった顔に笑みを浮かべ、会場に大きく両手を振った。

ステージで出迎えてくれた在日韓国大使と抱擁を交わしたあと、藤江は再び会場に向かい、大使と握り合った手を高々と上げた。

タイミングを計って司会者が話し始める。

「皆様にはあらためてご紹介する必要もないと思いますが、藤江先生は三年間の在韓日本大使館勤務において、日本国の大臣や外務省のお役人以上に韓日朝三国のためにご尽力され、多くの同胞の命を救ってくださり、我々のあいだでは『平成のシンドラー』と呼ばれているお方です。なかでも朝鮮からの帰還事業やわが国の一部財閥の不正に関しても、韓日の絆が壊れることのないよう、在日韓国人の立場をも考えて行動してくださった勇気あるお方です。言葉では言い尽くせない感謝を、もう一度盛大な拍手でお伝えしたいと思います」

　大きな拍手が会場の空気を揺さぶった。藤江は司会者からマイクを受け取った。

「皆様、こんばんは。藤江でございます。先週三年振りに帰国したばかりで、地下鉄ホームの案内もついハングルに目が先にいくようになってしまいました。日本と韓国、また朝鮮とのあいだには、千五百年以上積み重ねられた歴史がありますが、半世紀前には不幸な出来事もありました。しかし、これからの私たちの関係は、アメリカや中国といった大国に委ねるのではなく、自主自立した立場で進めていく必要がありいます。私は、今の皆様方のお立場が、わが国の過去の過ちに起因するものであったとしても、これを明るい未来に導くよう、兄の国である貴国とともに手を携えて切り開いて参りたいと思っております。本日はお招きをいただき、心から感謝いたしております。ありがとうございました」

　一分足らずの挨拶に割れんばかりの拍手が沸き起こった。

　パーティーの主催者は在日本大韓民国民団（民団）と在日韓国商工会議所（韓商）である。韓商に所属する約一万社の七〇％がパチンコ産業に係わっていると言われている。警察との関係も強い団体だ。

　ステージでの挨拶を終えた藤江は司会者にエスコートされてフロアに降りていく。

と同時に、新芽を湛えた緑樹をライトアップした庭園側の全面ガラス窓のカーテンが再び開き始めた。

藤江が在日韓国人のあいだでこれほどの評価を得ている最大の理由は、北朝鮮による韓国人拉致被害者や脱北者の救出と、北朝鮮製のスーパーノートと呼ばれる偽札、さらには北朝鮮からの覚せい剤密輸の摘発を日本人として韓国で積極的に行ってきたからだった。

脱北者は日本人拉致被害者の近況を知る手がかりにもなっており、藤江は中国の瀋《しん》陽《よう》にある日本総領事館の人脈を使い、多くの脱北者を日本経由で韓国に入国させてきた。そのことが北朝鮮情報の入手に大いに貢献している。

一方で、藤江は韓国財閥企業による北朝鮮への不正援助や韓国国内での大掛かりな贈収賄事件を、これに関わった日本企業を摘発することによって表面化させ、財界を唸らせた。「藤江は日本の外交官だが、インターポールの有能な捜査官以上の働きをしている」と韓国のマスコミに取り上げられたこともある。

民団団長、韓商会長らとの挨拶が終わると、ゲストの韓流スターたちが藤江のもとにやってきた。一際目をひいたのは、歌手でありながら、近々公開される韓国映画で主演を果たし、女優の道を歩き始めたチェ・アジュンだった。

抜群のプロポーションにシックなデザインの黒いカクテルドレスをまとい、胸元に大粒のダイヤが光っている。若さと美貌を十分に意識したコーディネートだ。藤江は美女との会話を楽しんでいた。

「ところで、チェさん、日本での韓流人気はブームという段階を超えて定着の時期に入っているようですが、その理由は何だと思いますか？」

さりげなく切り出すと、チェは最近の韓国の女性らしくストレートに返してきた。

「私、藤江さんにはアジュンと呼ばれたいわ」

ツンと可愛くとがった顎をしゃくるようにして上を向いて話すチェの、長いまつげに縁取られた黒い瞳に見つめられ、藤江はどきっとした。

「それは光栄です、アジュンさん」

おもわずキスをしたくなるようなチェリーピンクの唇から、白い歯が覗いている。

藤江は、プリンスがプリンセスに挨拶をするように胸に左手を当て、右手にもった白ワインのグラスを彼女のロゼのグラスに合わせた。

「日本の韓流ブームを支えているのは九割が中年の女性なんですよ。彼女たちが応援する韓国俳優は日本の男性にはない、優しさと、包容力と、それに逞しさと強さをもっています。ソフトとタフネスの両方を兼ね備えているのです。あくまでも役のうえでの話ですけど。包容力のかけらもない日本の男性はどうしても弱々しく見えてしまうんじゃないかしら。韓流を追いかける女性の多くは寂しい人なんだと思います。現実とかけ離れた美しい場面に理想の男性像を甦らせてくれる、そんな韓流ドラマで夢を見ていたいのでしょうね」

「寂しい思いをさせているのは日本の男なのですね、僕も含めて」

藤江は左手を軽くアジュンの腰にまわしながら冗談を言ってみた。

アジュンがそれとなく体を寄せてくる。

「ふふ、藤江さんは違うでしょ。私にはわかりますもの。でもね、若い女性が韓国俳優に興味をもつのは、ちょっと問題があるかもしれませんね。彼女たちは日本の同世代の子どもじみた男では物足りなくなってきているみたい」

「日本の男と女の事情をよくご存じのようで」

韓国という国が何事に関してもデータを重視する社会であることを藤江は熟知している。アジュンは新聞や雑誌をよく読み、世の中の動きを把握しているのだろう。

「いいえ、ソウルと東京を行き来しているうちに、仕事の関係者からお聞きしたことの受け売りですもの。でもね、韓国の若者のなかにもリアルとアンリアルの区別がつかなくなっている人が増えています。ドラマの世界と現実の世界を区別できず、役柄を俳優そのものと信じてしまう。バカみたいだけど本当の話なのですよ。ですからすぐにスターのスキャンダルのことで暴動が起きたり、過激なネット攻撃をしてしまう。でも……」

　そこで言いよどんだアジュンは、体を半歩引いて藤江を見上げた。ふたりの瞳が見つめあう。

「韓国人の日本人に対する感情にもそれに似たものがあるんじゃないかしら。そういう意味では、私たちって、年取った人も若い人も、昔も今も変わらないのかもしれない……」

　藤江は自分のグラスをアジュンのグラスにいまいちど合わせ、微笑んだ。

「あなたは若いのに、実に冷静に物事を観察し、判断していらっしゃる」

「そうでしょうか。でも、だとしたら、それは、私自身がバーチャルな世界に身を置いて、内側から外側を覗くことができるからなのかもしれません」

　なるほど、その答えには一理ある。芸能界という虚構の世界にいるからこそ、現実と非現実のギャップに敏感になるのだろう。アジュンは聡明だった。

「では、ドラマではなく現実の世界であなたはどんな男性に興味をもつのですか？」

　藤江は最も尋ねてみたかった質問を投げかけた。

「私は仕事がきちんとできる、心の温かい人が好きです」

「しかし、リアルな世界をなかなか知ることができないんじゃないかな」

「そうですね。やはり制限されることはありません。でも、この仕事のお陰で普通の生活をしていたら会うことができないような人と接することができるんです。たとえば藤江さんのような、ね」

彼女はまだ二十五歳そこそこのはずだが、口も達者だ。ウィットに富んでいる。

「僕はそんな、特別な人間じゃないですよ。まあ、冗談は置いといて、そうですね、アジュンさんのような女性にはそれくらいの特権がないと。プライバシーのない世界ですから」

彼女がそつなく話題を変えてきた。

「藤江さんはどのような女性がお好きですか？　奥さまは存じあげませんが」

「いや、僕は結婚に失敗した男ですからね。あまり偉そうなことは言えないのです」

藤江はうつむいて自嘲の笑いを浮かべたが、すぐに向き直り、アジュンの目を見つめた。

「……藤江さんのような方と別れる女性がいるんですね。私なら絶対に離さないけど」

黒い大きな瞳が一層大きく見開かれた。

「若かったんでしょうね、お互いが」

そこに新たな客が挨拶に来たので、二人の会話は途切れた。

その後、宴もたけなわとなり、今回のパーティーを記念するケーキにキャンドルライトが灯されると、アジュンが再び藤江の脇にそっと立った。気づいて笑顔を向けると、白ワインのグラスと一緒に丸い紙製のコースターをそっと渡された。可愛い唇が耳元で囁く。

「コースターの裏に今夜の私のルームナンバーと携帯の番号が書いてあります。パーティーが終わったら三十分以内に必ずご連絡ください。お待ちしております」

味なことをやるじゃないか。バーやクラブのホステスが気のある客に連絡先を教える手口だ。

あるいは、月並みではあるが、工作員が協力者に伝言を渡すときのやり方——。

コケティッシュな笑みを浮かべたアジュンがこちらをうかがっている。

「わかりました。必ず」

答えた瞬間、ケーキのキャンドルが消えた。闇が周囲を包んだとき、藤江の唇に絶妙にやわらかい、溶けたルージュの感触が伝わったかと思うと、その唇がシルクのハンカチでそっと拭かれた。あっという間の出来事だったが、記憶のなかにはっきりと残る感覚だった。

再びライトが灯されたとき、アジュンの顔は紅潮し、黒い瞳は艶めかしさのなかに恥じらいを湛えていた。ここで、今夜、初めて会った人なのに、なぜかいとおしく感じられる。その瞳を見つめながら藤江がゆっくりうなずくと、アジュンはしとやかに頭を下げ、その場を離れていった。

一時間後、藤江はフォーシーズンズのスイートルームでタキシードの上着を脱いでいた。カマーバンドが解かれ、シャツのスタッドボタンを白く細い指が巧みに外していく。素肌がはだけるたびに、柔らかい唇が這う。

白い陶器のようなアジュンの肌から黒いキャミソールが滑り落ちていく。

熱い抱擁と長い口づけ——。

全裸になったふたりは静かにベッドに倒れこんだ。

アジュンの巧みさに翻弄されかけた藤江だが、すぐに自分を取り戻し、彼女を何度も歓喜の淵に導いた。

早朝、タキシード姿でホテルを出るのは愚の骨頂だ。十一時から映画の記者会見があると言ってアジュンが出かけたあと、藤江は昼過ぎまで眠り、結婚式の宴会でホテルが忙しくなり始める頃、地下駐車場経由でタクシー乗り場に直行した。

翌朝、藤江は新宿百人町の高層国家公務員住宅を出た。目指すは霞が関の合同庁舎二十階。警察庁長官官房総務課が、ソウルから戻ったばかりの彼の当面の職場だ。在外公務館勤務明けで異動待機中という、まったく仕事のない一週目が終わり、今週中には警察庁警視正としての赴任先が決まることになっている。

第一章　抜擢

警視庁刑事部捜査第一課——略して「捜一」。

皇居の南側に位置する霞が関地区の最も北側、皇居桜田門の面前に建つ十八階建ての白い建物が警視庁の本部庁舎である。

その六階が刑事部捜査第一課だ。捜査第一課の業務内容は、「殺人、強盗、放火、強姦、誘拐、その他科学捜査」であり、隠語で「殺し、叩き、火付け、突っ込み、人攫《さら》い」と呼ばれている。

捜一のトップ、捜査第一課長はノンキャリ刑事警察の花形だ。このポストに就任すると、慣例的に全国紙に写真付きでコメントが掲載される。東京地検特捜部長と同じ扱いなのだ。

捜一課長の階級は警視正だ。刑事警察畑を歩む者にとって、現場の大将ともいうべきこのポストに就くことは夢である。このあと、新宿警察署長、方面本部長、本部参事官、警察学校長、警視庁本部の部長のポストを大過なく過ごせば、退職時には警視総監のすぐ下の階級である警視監となる可能性もある。

＊

捜一には毎年一人、管理官として警視の振り出しキャリアが勉強にくるが、キャリアが捜一課長の座に就くことはない。知能犯捜査を担当する捜査第二課長はキャリアポストで、階級も警視正の一つ上の警視長である。

平成二十年春、この捜一に新たなポストが生まれようとしていた。

「捜査第一課特別捜査官」

捜一が担当する事件の中でも特殊犯捜査と言われる、複合事件捜査に従事する責任あるポストである。

複合事件というのは、捜一が対応する事件の背後に暴力団や宗教団体等による組織犯罪、もしくは政治団体などが絡んだものである。これまでは組織犯罪対策部や公安部との合同捜査態勢を組んでいたが、合同捜査は人間関係がこじれやすく、その対策に余計な労力を使うことが多かった。

合同捜査であっても公安部の捜査員は、協力者の身の安全を図るために必要な証拠物の提出を拒んだり、証拠を隠滅してしまうことさえあった。こうしたトラブルは組織内の政治判断でなんとか解決してきたが、現場での確執は深まるばかりだったのだ。

この現状を危惧したのが、警視総監・石川純一郎《いしかわじゅんいちろう》である。

石川総監の下命で刑事部長・大石智彦《おおいしともひこ》は人選を始めた。まず、地方の捜査第二課長経験者で、警視正クラスのなかでも捜査指揮能力に優れ、フットワークが良く、しかも情報処理システムに明るい者が求められた。

人事に通じた二人の後輩に相談したところ、それぞれから同じ名前が挙がってきた。大石本人の選択肢にも入っていた男だ。

現在、長官官房で異動待機中の藤江康央《やすひろ》――。

東大法学部を卒業して、山口県警捜査第二課長を振り出しに、警察庁刑事企画課課長補佐（事件担当として大阪府警、次いで福岡県警捜査第四課理事官を兼務）、警察庁情報技術犯罪対策室理事官（在室中に一年間のＦＢＩ研修を修了）、神奈川県警捜査第二課長、在韓日本大使館一等書記官と、刑事警察の先端を歩きながら、多くの事件の指揮を執ってきた。

三十七歳、キャリア警察官として脂の乗り切った年齢だ。

大石は藤江を警視庁刑事部長室に呼んだ。

「失礼します。藤江でございます」

刑事部長別室の秘書に案内されて部長室に入ってきた藤江は、真っ黒に日焼けしていた。ラテン系のような彫りの深い顔立ちで立派な体格をした若きエースに向かって大石は言った。

「よう、久しぶり。日本人離れした雰囲気は相変わらずだな。まあ座れよ」

応接セットを示しながら、大石も自分のデスクから腰をあげた。大石がいつもの肘掛け椅子に座るまで、藤江は入り口付近に立って待っていた。

刑事部長室は、警視庁各部の部長室同様、警視庁本部の皇居寄りの角に位置している。

霞が関一帯は明治政府が複数のドイツ人技師に官庁集中計画を依頼し出来上がったものだ。技師たちの遊び心の表れか、各省庁の建物は上から見るとアルファベットの形になっている。そして、アルファベットの始めのAの形に作られたのが警視庁だった。

警視庁本部が現在の地、皇居の桜田門に最も近いところに建てられたのは昭和六年のことである。いまの建物に建て替えられた際にもこのデザインは踏襲された。

警視庁の各部署のトップの席はこのAの頭の部分に置かれている。警視総監は十一階だ。席からは、宮中三殿の屋根が見下ろせる。

刑事部長室に入るには、入り口手前にある別室と呼ばれる秘書カウンターで受付を済ませなくてはならない。このカウンターは刑事部長、刑事部参事官、刑事総務課長の刑事部三役の総合受付になっている。

受付が済むと受付裏にある控え室に通されるのが通常だが、特別な客は直接部長室に入ることができる。控え室には、報告や決裁待ちの幹部が列をなし、時にはマスコミのキャップクラスが耳をそばだてながら待機している。

「失礼します」

藤江はよく通る声で言った。

部長室は三十畳ほどの広さで入り口から左手にデスクがあり、その背後に国旗と警視庁旗が携行用の旗竿に掲げられている。デスク正面には応接セットが置かれ、長方形のテーブルを囲んで七人が座ることができる。

四万五千人の人員を抱える警視庁の部長は、同規模の企業で言えば専務クラスだが、その執務室に会社の役員室のような豪華さはない。

「何をやってるんだ、こっちに来て座れよ」

促されてようやく藤江は応接用のソファーに腰を下ろした。藤江は大石が警察庁刑事企画課理事官だったときの、直属の補佐だった。

「韓国の水が合っていたようだな。帰国は先週か？」

大石が笑いながら言うと、

「はい、ちょうど今日で一週間です。酒も水も合っていました。キムチも自分で漬けるようになりました」

真っ白な歯を見せながら藤江が笑う。

「お前、幾つになった？」

「十六年目の三十七です」

「嫁さんとは別れたのか？」

「はい、家庭を顧みない性格に、愛想をつかされたみたいで、七年になります」

「ふん、そうか。嫁さんは警察関係者だったかな？」

「いえ、知人の紹介で、生まれも育ちも東京の者です」

秘書がお茶を運んできたので一旦会話が途絶えた。

「ところで、今日、お前を呼んだのは、相談と言うよりも内諾を得たいと思ってな」

藤江は大石刑事部長から電話で呼び出しを受けた時点で、警視庁勤務の可能性があるのではと何となく考えていた。しかし、現在の立場の藤江が勤務できる警視庁のポストは、警視庁を十分轄する方面本部の筆頭である、第一方面の本部長くらいしかなく、藤江としては気乗りのするセクションではない。

その反面、「この人の下ならまた一緒に働いてもいいいな……」と、大石刑事部長との接点を思っていた。

大石刑事部長が話を続けた。

「今度、捜一内に新しいセクションを作ろうと思っている。そこをお前に任せたいんだが」

「捜一ですか……」

藤江の頭が猛スピードで回転し始めた。いわゆる「強行犯捜査」に自分の力が必要とされている……、警視庁が導入した新システムの運用関連か……、FBI方式のCSI（Crime Scene Investigation／科学特殊捜査）捜査班を作ろうとでも言うのだろうか。

「実は、石川総監の発案で、警察庁の官房長まで了解している案件なんだ。捜一に特殊犯捜査チームを作りたい」

「特殊犯捜査ですか？　誘拐、立て籠もりのような事件を想定されているのですか？」

「いや、これまで使っていた『特殊犯』とは趣を異にする。『複合事件捜査』と表現したほうがいいかもしれない」

藤江はここまで聞いて、求められているものが何となくわかった。

「他部門との合同捜査を一本化するような組織ということですか」

「そうだ、そのとおりだ」

大石の声が弾む。

「警視庁のように器が大きいと、一本化するような組織作りも大変なんでしょうね。何と言っても日本警察の約六分の一が警視庁ですからね」

日本の警察官は総勢約二十五万人。そのうち警視庁に四万五千人がいるのだ。地方警察ナンバー2の大阪府警でも二万人に満たない。

「警視庁の捜一はだいたい三百人ぐらいですか？」

「いや、もう少し多い。未解決事件もまだ多く抱えているからな」

「その中で、どのぐらいの要員で新体制を築くことになるのでしょうか?」

「一課長と協議したところでは、おおむね七十人が限度のようだ」

「それは、現在の一課のメンバーからのみの抽出になるわけですか、それとも新たに課外から人をもってくることも可能なのですか?」

藤江は、ここが問題だと思った。藤江自身、警視庁で勤務をしたのは見習い警部補のころ、築地警察署で三ヵ月間の実務指導を受けたときだけなのだ。人脈というほどのパイプを警視庁内に持っていなかった。

「そうだな、新組織を創るなら新たな血を入れる必要もあるな。二週間やるから、必要な人材をリストアップしてくれ。人一《じんいち》と人二《じんに》には全面的に協力するよう依頼をしておく」

人一とは警務部人事第一課、人二は警務部人事第二課のことだ。人一は通常警部以上の階級の、人二は警部補以下の階級の警察官と一般職員の人事を担当する。

「そういえば、警視庁のシステム統合は上手くいったのですか?」

「おお、良く知ってるな。半年間の実験をやって、この春から本格的に運用をしている」

「基礎データが多すぎて大変だったでしょうね」

「まあな、俺も実はよくわからんのだ。お前は得意だったな」

「はい、一応、情報技術犯罪対策室で理事官をやっておりましたから。その当時、警視庁のシステム統合の話が出ておりました。平成十九年を目処にということでしたが……予算請求も莫大だったことを記憶しております。当時の担当者から『これでもFBIの百分の一だ』とよく言われましたが」

「そうか、情報技術あたりの人選もお前に任せるから、いいものを創ってくれ」

＊

警視庁六階の刑事部長室をあとにした藤江は、本部の副玄関から表に出た。桜田通りを挟んだ正面に、煉瓦造りの法務省旧館がマロニエ並木の新緑揺れる枝の間から見え隠れしている。

春のやわらかい風を受けながら、藤江は合同庁舎二十階の自分のデスクに戻った。長官官房に籍を置いてはいるものの、異動待機中の理事官には特に仕事がない。

藤江は二週間以内に発令されるであろう、自らの新ポストのことを考えた。

警視庁捜査第一課。

テレビドラマや映画、コミックではおなじみの組織だが、その実態は藤江にもよくわからない。そこでは〝職人〟と呼ばれる大勢の捜査員が働いているのだろう。

ふと、ある男の意見を訊いてみようと思った。

「もしもし、倉田《くらた》先輩ですか、藤江ですが」

「おお、藤江さん、韓国から帰ってきたんだよね。今度は地方の部長かな?」

三年前と変わらない、威勢のいい声が返ってきた。

「いえ、実はそのことでちょっとご相談があって」

珍しく藤江からの相談事と聞いた倉田は、やや間を置いて答えた。

「ああ、いいよ、昼、夜どちらがいいの?」

「久しぶりですから、夜の方で、今週どこか空いていますか?」

「今日、明日は空いてるけど」

善は急げだ。この先輩には早く会いたいという思いが藤江にはあった。

「それじゃあ、今日にしましょうか」

「藤江さんは何時ごろがいいの?」

「私は、今からでも結構です」

倉田剛士《たけし》。十五年前の見習い時代に交番で指導に当たってくれた。当時は巡査だったが、今は巡査部長で警視庁公安部に籍を置いている。年齢は藤江より一回り歳上の四十八歳だ。藤江の指導担当になったときの最初の挨拶が、

「お前はこれから偉くなって、組織の中で伸びて行くんだろう。お前の方が頭もいいし、仕事を教えるといっても、たいしたことは教えられないが、酒の飲み方だけは教えてやる」

そう言って、三ヵ月間の築地警察署見習い勤務期間中、宿直以外の夜はほとんど連日のように一緒に飲み歩いた。

築地署は管内に銀座を抱えている。倉田はいろいろなところに顔が利いた。銀座のママから大店《おおだな》のご隠居、デパートの社長から築地の場内の親父さんまで、会う人ごとに倉田は「おう!」と手を挙げて笑顔を向けた。

ときには地回りのヤクザ者に気合いを入れながら、築地の場内を三十分も回っていれば、マグロの大トロやら練り物やら、両手に持ちきれないほどお土産が付いた。銀座の老舗デパートでは、社長と一緒に剣道をやっている関係で、何でも社員価格で買

物ができた。そんな倉田のことを、藤江はいつしか「先輩」の称号を付けて呼んでいた。

まだ午後の二時過ぎだったが、結局、これから会おうということになり、ふたりは有楽町マリオン前で待ち合わせた。

三時、定刻に倉田はやってきた。顎髭を少し伸ばし、ダブルのスーツをゆったりと着て、手にはオーストリッチのセカンドバッグを持っている。誰が見ても警察官には見えないだろう。

「おう、久しぶり」

倉田は誰に会っても、最初は、この「おう!」から始まる。

「どうも、ご無沙汰しております。なんだか、体型も貫禄がついた様子で」

「何でも流行には敏感だから、メタボってみたんだよ。ところで、今日はもういいんだろ?」

倉田は、右手でジョッキからビールを飲む仕草をしている。冗談まじりの軽妙な話し方は相変わらずだ。

「私は大丈夫ですが、先輩はもう店じまいですか?」

「今日は朝から二つも仕事をしたから十分だ。藤江さん、今日は昼飯何喰った？」

倉田は藤江を「さん」付けで呼ぶが、会話はタメ口だ。彼には階級意識というものがない。上下間の絶対は年齢だけだと考えている。

「総合庁舎の下のつけ麺ですが」

「あれは、週に一回は食べたくなるよな。じゃあ、あそこの中華に行くか」

晴海通りに面した飲茶屋に入った。倉田はここでも顔が利くようだ。店員たちのあいそがやけにいい。生ビールで乾杯し、店のお薦め料理を幾つか注文した。

「ところで、急にどうしたの？　別れた嫁さんとトラブル？」

藤江の別れた妻とは倉田の紹介で知り合った。銀座の一流テーラーの娘だった。話がそちらに触れないようにと焦ったとたん、藤江のイントネーションが関西風になってしまった。

「いえいえ、そっちはおかげさんで上手くいってますわ。実は、仕事の関係でご相談にのって頂ければ……と思いまして」

兵庫県人同士、倉田も自然と関西弁になる。

「どうしたん」

「実は、昼過ぎに警視庁の刑事部長から呼ばれまして、『捜一に来んか』いう話やったんですわ」

「捜一？　キャリアは捜一に赴任せんのとちゃうの？　藤江さん、『正《まさ》』やろ？　ということは、まさか一課長やるん？　キャリアの一課長というのもいままでなかったやろ？」

「いや、課長はそのままで、そのなかに新組織を創ろうということなんですわ」

「そんなん、やりにくうて仕方ないやろう。藤江さんもそやかもしれんけど、下に付く捜査員はもっとやりにくいんちゃうか？　どうせ、捜査員も押しつけやろ」

この先輩は組織内の人間関係をよく知っている。それも生きた経験からきている知識なのだ。

「いや、七十人ぐらいの組織にしようと思うとるんです。人はこっちで選ぶことができるんです。人事には話が付いとるらしいです」

「というても、誰が使える奴か、人事じゃわからへんやろう。どないして選ぶつもりなん？」

「はい、そこが問題なんです」

「だいたい、刑事部、なかでも捜一はずるいところがあるんや。本来鑑識は全ての組織をカバーしなきゃならんのに、組織上刑事部に置いとるから、公安や生安はやりにくうて仕方ない。特に捜一は鑑識を自分の出先機関みたいに考えとるやんか。そないな弊害をなくすために、鑑識課は総務部か警務部に置くべきなんよ」

公安の倉田は刑事部のことをあまりよく思っていない。だがそれも、常に組織全体のことを考えている倉田ならではのバランス感覚からくる批判だということを藤江は知っている。

「確かに。それはそれとして、今回の新組織は警視庁の全システムを運用し、鑑識課やSAT（特殊急襲部隊）までを含めた体制をと考えられとるんですわ」

「SATは警備部なんやないの」

「ええ、捜一だけでは対応できん事件が起きる場合を想定しています。いわば、SATも含めたスペシャルコマンドチームです」

「しかし、これから立上げ準備だとすると、サミットには間に合わへんやないの？　何を目的として、わざわざそないな組織を作るの？　警視総監のただの思いつきちゃうの？　よくあるやん。『あれは自分が創った』という、あの地位に就いた人独特の自己満足がね。そのいい例が、何でもできる警察官の鑑みたいな触れ込みだった『スーパー・ポリスオフィサー』や。あんな資格持ってたって、仕事じゃ屁の突っ張りにもならへん」

「うーん、相変わらず厳しいなあー」

確かに、倉田の言うことにも一理ある。キャリアは現場が動きやすい体制を創ることが第一なのだ。しかし、今回の新組織の体制には藤江自身も納得している。

「先輩、かつてのオウム真理教事件の捜査を振り返って、いろんな反省があったと思うんです」

「うん、あれは異常やった。いまだに公安部内では尾を引いている。船頭がたくさんいすぎたものやから、結局あんなかたちになってしもうた」

「あんな……といいますと……？」

「オウムの本質はまったく変わっていないし、警察庁長官狙撃事件もオウムなのかそうでないのか、うやむやなままや。アホな現場のトップが『オウム以外にない』と断言したから、結局可能性があったその他の捜査対象の選択肢を消してしもうた」

警視庁は重大未解決事件を多く抱えているが、なかでもオウム真理教への強制捜査直後に起きた警察庁長官狙撃事件の犯人未検挙ほど、みっともないものはなかった。

「たとえば、あないな事件が起きたときに、一元化した捜査体制が必要だと思うんですわ。今や、一部の公安情報を除いて、すべての情報が一つのデータベースで共有されてます。これをプロファイリングを含めた体制に取り込んでいけば、捜査方法も変わってくると思うんです」

藤江は力説した。

「うん、確かに時代は変わったからなあ。しかし、それに対応できる人材が警視庁のなかにそんなにおるんかね……二人、三人なら心当たりもあるけど……」

「その二人、三人を教えてください。その人がまた二人、三人を知っていてくれればありがたいですし。先輩はあくまでも私の指導担当オブザーバーということで……」

「しかし、藤江さんも、大変な任務を引き受けたもんやなあ」

言葉とは裏腹に、倉田の顔には事実上の大抜擢をされた後輩に対する賛辞が浮かんでいる。目が可愛く笑っているのだ。

「これは命令ですから仕方ありません。まあ、地方の刑事部長としてダラダラ過ごすよりもやりがいはあるかも知れませんし」

ソウルから帰って一週間、仕事らしきことをしていない藤江は、両手の指を交互に鳴らしながら倉田の笑顔に応えて言った。

「まあ、そんなところやな。しかし、何もないところから創るのは大変やで。俺も捜一に何人か知った奴がおるから、内情を聞いといてやるよ。あ、そうそう、あとね、一般職で使える奴を入れておくとええで。彼らは手抜きをしない。それと、特別捜査

官の採用枠に臨床心理士を入れておくのも一案や。できれば若くて可愛い女の子を
な、そやったら俺もちょくちょく診断してもらいに行くわ……」
倉田のアドバイスにはいつもおふざけのオチが入るものの、本筋はいちいちもっと
もなことばかりだ。
相談してよかった、と藤江は笑いながら思った。

第二章　発足

警視庁に異動が決まってからも、藤江は丸二日間、組織構成を考えていた。部屋の確保も必要だった。刑事部長と交渉の結果、警視庁本部と渡り廊下で繋がっている、警察総合庁舎七階のフロア半分を獲得できた。六階には捜一の特殊捜査班（ＳＩＴ）の分室が入っており、このチーム総勢八人が丸々藤江の傘下に入ることになっている。彼らは捜一のなかでも科学捜査の先駆者たちだ。

警視庁内に新たな部署を創るときは、都議会と公安委員会の承認が必要だが、今回は捜一内での一セクション増設というかたちなので、警視総監の承認だけで済む。その代わり、予算獲得が難しく、刑事部の他、総務部などの予算のなかからシーリングの枠内で取ることになった。

まず捜査員全員分のコンピューターが揃えられることになり、総務部情報管理課が管理する警視庁統合データシステムと直結する特別サーバの設置、捜査用特殊地図であるデータベースマップシステムの大量導入の準備も整った。さまざまな科学捜査機器の最新版も続々と運び込まれ、盗聴や盗撮に関連する特殊車両も確保された。

警察総合庁舎の七階半分の内装は一新された。部屋の入り口のセキュリティーにも万全な態勢がとられている。メインの扉は他部署と同じ作りだが、ICチップの付いた個人認証カードが必要で、なかに入るとそこは内廊下だった。二重構造になっているのだ。その内廊下に面して情報分析室、庶務部門、科学捜査・鑑識部門の部屋、さらに奥の部屋に通じる廊下がある。廊下と各セクション、そして各セクション同士は強化磨りガラスで仕切られている。それぞれの部屋の扉には静脈認証とパスワードによるセキュリティーがかけられている。

奥のスペースは三つに分けられている。一番右側には大型サーバと大型コンピューター、真ん中は十台のモニターが設置された指揮所、そして左端が藤江の室長室。三つのセクションは特殊磨りガラスで隔てられている。この磨りガラスは、ボタン一つで透明ガラスに変わる。さらに指揮所のガラスはプロジェクター用の大型スクリーンにもなる。まるでアメリカのテレビドラマに登場する科学捜査班の部屋のようだ。

個々の捜査官に支給されるコンピューターも、捜査管理システムを搭載したモバイル型の最新鋭機だ。

相当な予算が投入されたことが一目でわかった。県警の刑事部が警察庁に要求する年間予算の二年分を遥かに超えているに違いない。

捜査員の人選が始まった。管理官クラスの警視を四人、警部を八人、警部補を三十人、巡査部長を二十人、巡査十人が必要だ。藤江はすぐに四人の警視を決めて、彼らに有望な者をリストアップさせた。七十人ほどの名前が挙がった。早速彼らの個人データを取り寄せて一人ずつ吟味していると、あることに気が付いた。藤江がほとんど評価していない人物ばかりを推薦する警視がいたのだ。藤江がこの警視について倉田に調査を依頼したところ、二日目に驚くべき連絡があった。

「藤江さん、あの警視だけど、あれはダメだ。宗教に侵されている」

信教の自由は憲法で保障された国民固有の権利ではあるが、これはあくまでも内心の自由の範囲であって、仕事上で国家、国民より教祖や一宗教団体を優先されてはかなわない。藤江はやむなく、この警視を決定メンバーから外し、念のために彼が推薦してきた十数名のデータを倉田に渡すと、全員が同じ宗教の信者であることが判明した。

警部以下の選考基準には、捜査実務の経験に加え、基礎能力、捜査センス、情報処理、語学能力を考慮に入れた。

藤江のこれまでの経験からいって、伸びる者は共通して、基礎能力につながる学業成績がしかるべきレベルに達していた。そのほうが対外的に卑屈にならず、優れた仕事をするようになるのだ。捜査センスは学業以外の趣味や特技が大きく作用する。バイクの免許、大型自動車運転免許なども二十代までに取得しているということが条件となった。情報処理も指導員以上の能力が警部補以下全員に求められ、語学能力も最低、英検二級を基準とした。

何とか二週間で総勢七十三人のメンバー選考を終えた。このなかには捜一から、特殊捜査班分室の八人を含む横滑り組二十五人も含まれている。警視正一、警視五、警部九、警部補二十、巡査部長三十、巡査八人という、本部としては理想的な組織構成で、平均年齢三十八歳の若き集団だ。これに臨床心理士と精神科医が特別調査官として二人、刑事総務課枠で入る事になっている。

＊

捜査第一課「特別捜査室」の設置日はゴールデンウィークの真っ最中、五月二日が選ばれた。翌日から四連休で、これならマスコミにも必要以上に大騒ぎされずにすむ。

かくして、五月二日午前九時、警察総合庁舎八階大会議室に捜査第一課「特別捜査室」要員、総勢七十三人が整列。発足式はとどこおりなく完了した。

藤江はわずか七十三人による新組織の新参の長であるため、室員とはできる限り個別に話をするように努めた。全員の顔と名前は二日で覚え、その日から必ず名前で呼んだ。また、人事記録をチェックし、室員とその家族の誕生日をデータ化し、毎朝PC立ち上げ時にこれを確認することにした。家族の誕生日には特殊な事案が発生しない限り早く退庁させ、夫人の誕生日には銀座和光のハンカチ一枚をプレゼントするという心配りも忘れない。

こういう些細なことが、部下からの信頼獲得に効果的だということを、藤江は経験から学んでいた。

＊

捜一・特別捜査室の情報分析担当のトップには、国家公務員Ⅱ種採用の女性警部、大谷久美子《おおたにくみこ》が抜擢された。二年の警視庁出向のあいだに、捜査の最新技術と分析手法をマスターさせ、将来的には彼女に全国警察の革新化を担ってもらいたいという警察庁の配慮である。

久美子は国立大学の法学部を卒業後、国家Ⅱ種に合格して警察庁を希望した三十二歳。背はそれほど高くないが、均整の取れたスタイルで、特に蜂のようなウエストのくびれが庁内でも有名になっている。彼女は警察庁から国連に派遣されていた時期もあり、国連からもヘッドハンティングの話があったという。

組織立ち上げからまもないある日の夕刻、藤江はピアノを弾くようにPCのキーボードを叩く久美子の背後から声をかけた。やわらかそうな亜麻色の長い髪を頭のてっぺんで無造作にまとめている。〝できる女〟風だなあ、と藤江は上司として好感を抱いた。

「情報分析に必要な資機材は足りていますか？」

突然の声に驚き、振り向きながら藤江を見上げた久美子に、これはちょっとあぶないな、と藤江は内心身構えた。早く新しい職場に慣れようと焦っているのではないかと心配して様子を見に来たのに、彼女が見せた笑顔には、余裕のようなものが浮かんでいる。ナチュラルメイクが、成熟した女性の魅力を余計に際立たせていた。

「あら、室長、お疲れ様です」

あどけなさが残る顔立ち。くっきりした二重まぶたで、時折見せる上目遣いが男の心をくすぐる。薄く小さな唇は藤江の好みだ。英語を流暢にあやつるその唇からは、ときどきアクセントのおかしい日本語が飛び出して、これが舌っ足らずのエロティックな雰囲気を醸し出す。

やや甘えたようなその声に、藤江は一瞬言葉を失いそうになりながら、とろけかかる自分の気持ちを懸命に抑えていた。

藤江が答えないので、久美子が続けた。

「今のシステムとソフトだけで手一杯です。室長はこれを全部お使いになれるのでしょう？　本当に尊敬しちゃいます」

藤江は照れながらも、

「まあ、これが本業の時期があったからね。できて当然なんだよ」

「でも、技官じゃなくて、警察官で、しかも大幹部なんですから凄いですよ」

久美子の瞬きもせずに訴えるような眼差しに見つめられながら、藤江は彼女の話し方にひかれていた。通常五、六人のスタッフが着席しているこの部屋に、今は久美子だけしか残っていない。

「大谷さんにそこまで誉められるとは、光栄だな。もう大体のことはできるようになったんだね」

「はい、ただ、相関図への変換が難しくて、レイアウトが巧くできないんです」

そう言いながら久美子はコンピューター画面に戻ってキーボードを操作し始めた。

「そうだね、それは全体像を把握していなければ難しい作業だから、今はソフトの配置に頼るしかないだろう。相関図内の配置替えは専門官になってからだ」

藤江は背後から久美子の様子を見守りながらアドバイスし、右側にあるマウスに手を伸ばした。そのとき、久美子も偶然キーボードからマウスに手を置き換えたので、二人の手が重なった。瞬間、久美子が藤江を振り返り、藤江がモニターを覗き込むタイミングが一緒になり、至近距離で目と目が合った。いまなら唇を奪える――。あぶない。彼女は危険だ。慌てて咳払いをする。藤江にとってその数秒はとても長い時間に感じられた。

「あれ、室長、頬がピンク色になっていますよ」

鼻にかかった甘い声に我に返った藤江は、久美子のおでこをちょこんと人差し指で軽く突くと、何も言わずにその場を離れた。

それから三週間後、藤江と久美子は警察庁の捜査員養成研修で一緒になった。藤江は講師で、久美子は講習生という立場である。

午後、二時限続いた藤江の「情報技術犯罪対策」の講義内容は、三十五人の講習生全員からまるで「未来の捜査技術」について聞いているようだと大好評で、笑いをとりながらも充実したクラスだった。講義中の久美子はまじめそのもので、熱心にノートをとる姿と、あの手が触れ合ったニアミスの瞬間のあぶない彼女とがどうしても一致しない。

こういうタイプの娘に男は翻弄されるんだ――講義のあいだ、藤江は意識して彼女のほうを見ないようにしていた。

講義を終え、府中にある警察大学校の門を出たところで後ろから久美子が追いかけてきた。

「室長、どちらからお帰りですか？」

「ああ、大谷さんか、僕は飛田給《とびたきゅう》から京王線で帰ろうと思ってるんだけど、君は？」

「じゃあ、私もそうします」

ふたりはまだ明るい六月半ばの夕方、緑色が濃さを増してきたプラタナスの並木道を肩を並べて歩き始めた。

「今年は梅雨がないんでしょうか?」

久美子が珍しく時候の挨拶のような言葉を使った。藤江も異常気象は気になっていたので、

「そうだね、日本も亜熱帯に入ってきたみたいだね」

と答えると、久美子はこれには答えず、話題を変えた。

「今日の室長の講義、素晴らしかったです。初めはSFの世界みたいでしたよ。その後、特別捜査室の内部の写真が映し出されたときは、教室がどよめきましたよね。このクラスのなかで、その科学捜査の実態を知ってるのは私だけなんだ……なんて思うと、なんだか自分が誇らしくなって、その講義をされてる室長はすごい方なんだな、と改めて感じました」

「そこまでよいしょしないでくれよ。僕の実態は君が一番よく知ってるだろう」

藤江はそう言って久美子をみると、久美子はいつもの艶《あで》な目つきで、

「いいえ、室長のことなんて、何も知りません……」

藤江はあのときのようにまたドキッとさせられた。

成り行きで二人は新宿まで電車で出て、パークハイアットの四十一階にあるフレンチレストランで食事をした。優雅な手つきでフォークに突き刺したレアステーキを口

に運ぶ久美子はますます艶かしい。深紅のワインで濡れた唇を可愛い舌でなめる仕草に、藤江はしばし見惚れた。

「素敵な女性は食事をする姿もまた美しいね」

「そんなことはありませんよ。おいしいお料理とワインですから、姿勢を正しているんです」

「姿勢の問題じゃなくて、姿なんだよ」

久美子は藤江の心中をのぞき込むように身を乗り出して小声で言った。

「食べちゃいたいぐらいですか？」

冗談めかした口調とは裏腹に目つきは真剣だ。

「うん、この場で、今すぐ……にでもね」

藤江も軽く答えようとして、思わず舌を噛みそうになった。

「僕の家から遠いけど、送っていくよ」

レストランを出ると、藤江が彼女の耳元で囁いた。久美子は東中野の民間マンション、藤江の住まいはその手前、大久保駅近くの高層国家公務員住宅なのだ。

マンションの前でタクシーを降りると、ふたりはそこですぐに唇を重ねた。カチカチと歯がぶつかり合うほどの激しいキスだった。そのまま抱き合いながらエントランスにたどり着いたところ、人が出てくる気配があったのでやむなく体を離したが、エレベーターに乗り込むと、ふたりは再び抱き合った……。

特別捜査室にはもう一人、花がいる。一般職員の加納朋子《かのうともこ》である。二十七歳の主任だった。

警視庁の一般職員は制服着用が義務付けられているが、そのデザインが長身でグラマラスな朋子の胸元を顕著に引き立てている。

朋子は金沢のお嬢様学校から都内の女子大の文学部に進み、実家が裕福なのだろう、渋谷のマンションで学生時代から一人暮らしをしている。警視庁の一般職員を受験したのは「逞《たくま》しい男性」への憧れからだったという。

藤江自身、そんな彼女の姿を見てホッとすることがある。久美子とは違い、包み込まれるような癒し系なのだ。いつも色白の頬をほんのり紅潮させている。

朋子は藤江が紅茶好きだと知ると、その日の雰囲気でいろいろな紅茶をいれてくれる。

ダージリンのファーストフラッシュだったり、ウヴァだったり、ミルクティーだったり……その気遣いがなんとも嬉しくありがたい。

七月七日が朋子の誕生日だと知っている藤江が、

「加納さん、いつもおいしい紅茶をいれて頂いているお礼に、僕も何かお返しをしたいと思っているんだけど、好みがわからなくて……」

と言うと、彼女は、

「七夕の日が私の誕生日なんです。その日にケーキをご馳走してください」

満面の笑みで答えた。藤江がアフタヌーンティーを提案すると、朋子は素直に喜んだ。少女のような可憐さがある。

当日、二時過ぎにデスクを離れ、朋子を連れて日比谷公園を横切り、日比谷交差点にあるペニンシュラホテルのラウンジに入った。

「ここの〝ヤミー〟は僕のお気に入りなんだ」

クリームブリュレの上に載った濃いガトーショコラをスプーンで崩しながら言った。

「ほんと、幸せです～」

朋子も口元をほころばせた。

ケーキに合うコーヒーを飲みながら、用意していたお決まりの和光のハンカチを藤江が贈ると、彼女は歓喜の声を上げた。たった一枚のハンカチでこれほど喜ばれると思っていなかった藤江は照れくさくなった。

とりとめもない話をしながら、楽しく一時間が過ぎた。

「そろそろ戻ろうか」

「少しだけ歩きたいです」

二人はホテルの裏口から丸の内の中央通りに出て、東京駅方向に歩き出した。

朋子は両腕を藤江の右腕にからめ、藤江の顔を見ながら「少しだけね……」と愛らしく笑う。右腕には大きなバストが密着している。

東京駅からタクシーを拾い、運転手に「桜田門」と告げ、皇居前広場を走っているとき、左側に座った朋子が藤江の頰にすばやくキスをした。またもやバランスボールのようなバストの感触。ちらっと運転手がバックミラーを覗いたようだが、気のせいだろうか――。

なんとも言えぬ喜びのアフタヌーンティータイムだった。

その夜、朋子から携帯にメールが届いた。ペニンシュラで携帯番号とアドレスを交換していたのだ。

「今日は素敵な時間をありがとうございました。今夜は星がきれいに見えますね。きっとあの星のなかに室長と私の星があると思います。並んでいたらいいなあ……なんて。大好きです」

最後に揺れるハートマークが付いている。

うーむ、社内二股恋愛はまずいよな……。

藤江は朋子の豊かなバストの感触を思い出しながら、今度は後ろから強く抱き締めてみたいと思った。

第三章　発生

「専務、学芸院の教務課の方からお電話が入っておりますが……」

重田《しげた》孝蔵《こうぞう》は秘書の取り次ぎで受話器をとった。

「お待たせいたしまして申し訳ありません、重田でございます」

「重田悠斗《ゆうと》君のお父様でいらっしゃいますね」

「はい、悠斗は私の息子ですが、学芸院の先生でいらっしゃいますか？」

八月のいま、息子の悠斗が通う私立小学校も夏休みだが、今日は有志による水泳とサッカーの大会が行われる特別登校日だと妻から聞いていた。しかし孝蔵が学校から電話を貰《もら》うのは初めてだったし、会社に直接かかってきたことが不思議に思えた。

息子が通う学校は、昨年まで学校職員と生徒の合同名簿を発行しており、これには保護者の勤務先も記載されていた。格式を重んじる校風とはいえ、「そこまでする必要があるのか」と妻に苦言を呈したことがあったが、政財界のトップクラスの子弟が多く在校するだけに、その権威付けの意味もあったのかもしれない。昨年の名簿を見て学校が連絡してきたのだろうか。急用なのだろうか。

「実は、悠斗君の身柄をお預かりいたしておりますので、その件でお話をしたいと思いまして」

孝蔵は、電話の向こうから聞こえてくる、太く低い声の相手がいま何を言ったのか、まったく理解できなかった。身柄を預かる……？　学校だからそういう表現をするのだろうか。左腕のロレックスを見る。午後一時。妻の手作りのお弁当持参での登校だから、息子はまだ学校にいる時間だ。

「あのう、息子の悠斗に何か起こったのでしょうか？」

「一度しか申しませんので、よく聞いてください」

「はい、メモの必要は……？」

「どうぞ、正確にメモをしてください。悠斗君の身柄を安全にお返しするために明日の正午までに二億円を新券なしでご用意ください」

「はあっ？　何ですか、もう一度お願いします」

「一度しか申さないと言ったはずです。それではよろしく」

「ええっ、もしもし、もしもし……」

電話は切られていた。要領を得ない話だ。孝蔵はデスク上のインターフォンで秘書を呼んだ。

「青木《あおき》君、今の電話の着信記録はどうなっている」

「少々お待ちください……。お待たせいたしました。発信元は非通知設定になっております。着信時間は午後一時ちょうどから三十秒間です」

「わかった、ありがとう」

息子の悠斗がなにかの事件に巻き込まれているのだろうか。

誘拐？

ふと孝蔵の頭にその二文字が浮かぶ。

まさか。個人的に恨みを買うような覚えはない。

嫌な考えを振り払うように、孝蔵はすぐに妻の明子《あきこ》の携帯に電話を入れた。しかし、彼女は電話に出ない。自宅にも電話をしてみたが、お手伝いも出ない。両方の電話の留守録に、「すぐに僕の携帯もしくは会社に連絡するように」と伝言を残した。

学芸院に直接電話をしてもよかったのだが、なぜかそこまでの切迫感を覚えなかった。

今日は月曜だから、あと三十分で定例の役員会が始まる。株主総会を一ヵ月後に控えているだけに慌ただしい。ふだんは整頓されている約二十畳の個室だが、この時期は様々な書類が応接セットのテーブルの上にまで重ねられている。マホガニーの重厚なデスクの上にも、データや書籍が山積みされている。

重田孝蔵、三十七歳、流通企業の中でも大手の一角を担う日美商会の専務取締役だ。代表取締役社長の重田祐介《ゆうすけ》は義父にあたる。孝蔵は祐介の一人娘である明子と結婚し、養子に入ったのである。

孝蔵はその後、仕事に忙殺された。プライベートブランドを積極的に導入している日美商会は、会社の成り立ちである衣料部門を手始めに、冷凍食品、サプリメント、化粧品のほか、ユビキノンなどの化学原料の生産にも取り組んでいる。孝蔵には新規事業立ち上げに伴う様々な障害をクリアする職務が課せられている。新たな事業は化粧品産業の店舗展開だ。日美商会は、国内シェア三〇%を持つユビキノンの美容分野への転用を五年前から進めてきたが、今回これを自社で展開しようとしている。この計画に社運がかかっているのだ。

孝蔵が昼食も取らず、ようやく自分のデスクに戻ったのは午後二時三十分を回ったときだった。妻からのコールバックはまだない。秘書の青木が部屋の扉をノックした。この扉をノックするのは青木以外にはない。彼女は扉を開けるなり、怪訝な顔をして言った。

「専務、先ほどの学芸院の方からお電話ですが、いかがいたしますか?」

何かを察しているようだ。

「ちょっと待って、こちらから合図をしたら繋いでくれ」

孝蔵はデスクに座ると、電話録音の準備をしてから合図を送った。

「大変お待たせいたしました。重田でございます」

「現金の準備は順調ですか?」

「失礼ですが、あなたはどなたですか?」

「悠斗君の身柄を預かっている者と申し上げたはずだが、まったく信じていないようだな。すぐにでも息子の居場所を確認してみることだ」

「あなたは、息子を誘拐したとでも言うのか。もしそこに悠斗がいるのなら、声を聞かせてくれ」

声が次第にうわずって、口の中が一気に乾くのを孝蔵は感じた。

「自分で調べろ。それと、先ほども言ったが、明日の正午までに二億円を新券なしで用意しておくこと。ここまでは理解できたかな?」

「わ、わかった」

「それでよろしい。それではまた明日の正午に電話をする」

「ま、待ってくれ。もしもし、もしもし」

そこで電話は切られた。

孝蔵は再び妻の明子に電話を入れた。今度はすぐに出たが、留守番電話に気づいていない様子だ。

「僕だ。留守電を聞いていなかったのか。すぐに学芸院に電話を入れて、悠斗の所在を確認してくれ」

「どうなさったの？」

自分が責められていることを察してか、不機嫌そうに妻は答えたが、孝蔵は口調を変えずに言った。

「いや、まだよくわからない。とにかく、すぐに電話を入れて、学校にいるのかどうかを確認してくれ」

数分後、妻から連絡が入った。

「あなた、悠斗が今日学校に行っていないの。学校には朝の八時過ぎに家から病欠の連絡が入ってるんですって……どういうことなの？」

「まだ、よくわからない。家にも電話してるんだが、タカさんが電話に出ないんだ」

「タカさんは今日、娘さんの家に泊まりで行ってるの。ねえ、あなた何があったの？」

タカは住み込みのお手伝いさんだ。次第に妻がヒステリックになってくるのが電話越しに伝わってくる。

「君は今、どこで何をしているんだ？」

孝蔵は普通に尋ねたつもりだったが、明子は、

「なに？　私が子どもを放ったらかしにして遊んでるとでも思ってるの？」

お嬢様育ちの素《す》が時々顔を見せる。こんなときは何を言っても通じないことを孝蔵は知っていた。

「君は今朝、悠斗を送り出したんだな。タカさんは君より先に出かけたのか？」

「そうよ、悠斗を送って、タカさんにお土産をもたせて、最後に私が出かけたわ」

「わかった。それなら、これから家に戻らず、真っ直ぐ僕の会社に来てくれ」

「何かあったのね。今、銀座だから、これからタクシーに乗るわ。五分ぐらいかしら」

「いや十分は見たほうがいいだろう。とにかく僕は部屋で待っている」

孝蔵は電話を切ると、秘書の青木を呼び、妻の明子が来ることを伝え、妻の実父で社長の重田祐介の所在及び今日の日程を確認させ、さらに自分の今日の以後のスケジュールをすべてキャンセルさせた。

幸い、社長のスケジュールは空いていたので、アポを入れることができた。悠斗はなによりも社長の祐介が溺愛するただ一人の孫なのだ。

十分ちょうどで、明子が青木に伴われて紅潮した顔で部屋に入ってきた。明子は孝蔵のデスクにつかつかと歩み寄るなり、バッグを置き、白い絹の手袋を脱ぎながら孝蔵にきつい口調で訊いた。養子の孝蔵に横柄でわがままな態度をとる明子だが、青木の前では特にその傾向が強くなる。

「何があったの？　どういうこと？」

続けざまに口にしたが、息子を思う不安で唇が震えている。彼女もまた、最悪の事態を想定しているらしい。孝蔵は明子をデスクに近い応接セットに座らせ、なだめるように言った。

「明子、落ち着いてこの録音テープを聞いてくれ」

午後二時三十分過ぎに録音された会話が、電話機の外部スピーカーから室内に流れた。


「現金の準備は順調ですか？」

「失礼ですが、あなたはどなたですか？」

「悠斗君の身柄を預かっている者と申し上げたはずだが、まったく信じていないようだな。すぐにでも息子の居場所を確認してみることだ」


明子は気を失いかけた。顔は蒼白で、唇がわなわなと震えている。テープを最後まで聞くことができたかどうかわからない。妻の様子を見守りながら、孝蔵は比較的冷静な自分に驚いていた。少なくとも彼女よりは考える時間が長かったからだろうとも思っていた。

「あなた、悠斗は誘拐されたの？　どうして悠斗が……」

必死で耐えようとする妻を見ながら、孝蔵は言った。

「まだ、そうと決まったわけではないが、お義父さんにも伝えておいたほうがいいと思う。その前に君に現状を知らせたかったんだ」

「わ、わかったわ。パパは今、会社にいるの？」

「部屋にいる。ここに来ていただこう」

孝蔵は秘書の青木に社長室へ取り次ぐようにインターフォンで指示をした。間もなく社長の祐介に繋がった。

「社長、孝蔵です。お忙しいところ誠に申し訳ないのですが、お急ぎ、私の部屋までご足労願えませんでしょうか？　どうしても内々でお知恵をお借りしたいと思いまして……」

午後三時を回ったころ、ワンフロア上の社長室から、祐介が青木に連れられて部屋に入ってきた。

六十八歳の重田祐介は、恰幅が良く髪は白髪のオールバックだ。生まれながらにして帝王学を身につけているような、重厚な雰囲気を漂わせている。日本の経済を牽引してきた財界の重鎮でもあるその男が、蒼白な顔に泣き腫らした目をしてソファーに沈み込んでいる明子を見て顔を曇らせた。三十年ものあいだ深い愛情をかけて大切にわがまま一杯に育ててきた愛娘が、涙を見せない勝気な性格だということを知っているからだ。

「なにがあった」

祐介が厳しい目つきで孝蔵に問い質《ただ》した。

孝蔵はすぐさま録音テープを祐介に聴かせた。

祐介はカッと目を見開き、「もう一度聴かせてくれ」と言って今度は腕組みをして瞑想するような姿勢で聴いていた。テープが終わると、

「悠斗の不在は確認したのか」

そのままの姿勢で孝蔵に訊いた。孝蔵は冷静に淀みなく経緯を説明した。数分の沈思黙考のあと、祐介がおもむろに口を開いた。

「まず、家を確認して来ることだな。対策はそれから考えよう」

その声は弱々しくかすれ、その佇まいから重々しい風格は消え去り、そこにはただ最愛の孫の無事を願う「爺」の顔があった。

午後五時前に田園調布の自宅に帰り着いた孝蔵と明子は、車寄せで車を降りるなり、声を限りに悠斗の名を呼んだが、家からの応答はない。悠斗の部屋はいつもどおり、きちんと片付いている。小学二年生だが、幼い頃から躾《しつけ》がゆきとどいている子どもなのだ。パパっ子、爺っ子なため、二人の几帳面な性格を自然と引き継いだのかもしれない。

悠斗の部屋に入るなり明子は泣き崩れた。帰っているかもしれないという淡い望みが絶えたからだ。孝蔵は祐介に電話を入れた。祐介の指示で二人とも会社に戻った。

午後六時過ぎ、夕方以降の日程をすべてキャンセルして、祐介が一人専務室で待っていた。娘夫婦が戻るなり言った。

「孝蔵君、悠斗はおそらく誘拐されたと思ったほうがいいだろう。そこで、だ」

一旦言葉を切り、祐介は続けた。

「三枝《さえぐさ》家の身内に警察庁に勤めている男がいたろう？」

三枝家とは孝蔵の実家のことである。孝蔵の父は衆議院議員の三枝清蔵《せいぞう》で、閣僚経験もある与党の重鎮だ。母は元女優で、彼女の知名度が清蔵を現在の地位にまで昇らせたと言ってもいい。この両親の二男として生まれたのが孝蔵である。孝蔵の兄、つまり長男の憲蔵《けんぞう》は医師だった。

「はい、兄嫁の弟が警察官僚で、大前哲哉《おおまえてつや》という名前です」

「そう、その彼に相談してみてはどうだろう」

祐介の口調には哀願にも似た思いが込められている。

「そうですね、ただ、彼はキャリアの事務屋みたいな人ですから、こういう問題を処理できるのかどうかわかりません。それに……」

孝蔵は言いよどんだ。

「それに？　何かあるのか」

「どちらかというと私の苦手な部類で、ものを頼む相手としてどうかと」

祐介は、孝蔵が滅多に人を悪く言う人間ではないだけに、無理強いはしたくなかったが、そんなことを言っている場合ではなかった。

「孝蔵君、そこを何とか……。あの組織しか、今、頼るところはないだろう。もし、下手に警察に連絡して犯人に知られてしまったら、悠斗の命に関わる。その親族から、誰か適任者を紹介して貰うことだってできるじゃないか。私だって、ここを管轄する中央警察署の懇話会役員だが、まだ、署長に相談することさえ控えているんだ」

「わかりました。すぐに確認をとってみます」

孝蔵は「止むを得ない」という気持ちで、まず兄に電話を入れた。

兄の憲蔵の妻の三枝香織《かおり》は、芸名「大前香織」で通っているモデルだ。

その大前香織の実弟・大前哲哉が、警察庁キャリアなのである。だがこのキャリアは香織とは似ても似つかぬ風貌で、色白ではあるが、西遊記の八戒《はっかい》のような顔をしている。東大法学部出身の秀才でありながら、一家のなかでも浮いた存在と化している。

哲哉には弟もいた。大前赳夫《たけお》と言うが、彼は今や飛ぶ鳥を落とす勢いで成長しているIT関連会社の社長である。孝蔵とも複数の政府関連委員会で顔を合わせることがある好漢である。


孝蔵の兄、憲蔵は病院にいた。午後六時半近くになっていた。

「兄さん、孝蔵です」

「おう、どうした、珍しいじゃないか、こんな時間に」

「はい。実は折り入って相談したいことがありまして」

「なんだい、改まって」

医師の憲蔵は弟のただならぬ様子を電話越しに敏感に感じ取っている。

「うちの悠斗が誘拐されたようなんです」

「なんだって?」

日頃冷静な憲蔵の驚いている様子が受話器越しにうかがわれる。憲蔵は続けた。

「お前、誘拐って、身代金の要求でもあったのか?」

「はい、明日の昼までに二億円用意するように言われました」

「二億……、それで警察は?　犯人のめぼしは?」

「いや、それで兄さんに連絡したんです」

「何でも力になってやるが、僕に何ができるんだろう?」

「はい、今、義父とも相談したのですが、兄さんの義弟《おとうと》さん、警察官僚でしたよね。あの方に相談できないかと」

「ああ、哲哉さんねえ。うーん、彼ねえ」

憲蔵も義理の弟にあたる哲哉の名前が出ると、戸惑いを隠すことができないでいる。

「兄さん、今回だけは目を瞑って頼みます」

「……わかった。よし、今すぐ、僕から義弟に電話しよう。彼からの連絡は自宅か、会社かどちらにさせればいいんだ?」

「会社の僕の部屋にお願いします」

「気を強くもって待ってろよ、すぐに電話してもらうから。それから、明子さんも、お前がしっかり支えてやるんだぞ」

「大丈夫だ。彼女も今ここにいるから、兄さんの言葉を伝えておくよ」

大学病院の教授室にあるソファーに座っていた憲蔵は、しばらく受話器を握りしめたまま体を動かすことができなかった。

第四章　出動

八月四日　二二：〇〇

　平成二十年の夏は近年まれに見る異常気象と言われ、梅雨明け宣言もうやむやに、七月の後半から猛暑に見舞われた。時折、猛烈なスコールとも言うべき、雷を伴う大雨が都心を襲った。

　与党民政党は八月に入って急に内閣改造を行ったが、玄人好みの華のない布陣に、マスコミは臨時国会開催のめどもつかないうちに、早くも解散総選挙の流れを作ろうとしていた。

　内閣参事官として首相官邸内の内閣官房に出向していた大前哲哉は、この年の重要行事であるサミットにも内閣改造にも北京オリンピックにも関わることはなかった。

　哲哉は京都府警川端警察署長、在タイ国日本大使館一等書記官などを経て、十六年目の今年から警察庁警備局警備企画課と併任で内閣官房副長官補付内閣参事官に就任したキャリアである。

キャリア警察官は入庁七年目で警視に昇任し、都道府県警の管理官や課長として赴任する。これが実質的なスタート地点になる。そこから八年間、おおむね五、六ヵ所を異動し、途中で二、三年間の海外大使館勤務を経て、警視正となって警察庁の理事官ポストに付く。入庁から十五年で警視正に昇任するキャリア組のスピードに比べ、たたき上げの場合は、どんなに早くとも十五年では管理職警部にすらなれない。

哲哉は経歴的にはまずまず恵まれたポストを歩んできたと言えるが、その素行の悪さと金銭への執着は、彼が結婚したころから徐々に上司の耳に入るところとなっていた。

タイの女性に目がないのだ。

哲哉のタイ女性への思い入れは、いわゆる「児童ポルノ規制法」の制定に際し、「日本人によるアジアでの児童買春や日本製の児童ポルノが世界で大量に流通している」ことの実態調査という名目で、当時の与党三党の国会議員たちとタイへ出かけたことに始まっている。

このとき、ある二世議員と実態調査ならぬ児童買春の実地体験をしてしまったのだ。しかも、二人をその場に案内したのが、当時現地駐在特派員だった、ジャパンテレビ外信部の加藤正一郎《かとうせいいちろう》である。加藤との腐れ縁はいまだに続いている。

大前の姉の義父である民政党衆議院議員、三枝清蔵は、自分の後継者として哲哉を考えている——三枝の地元後援会を訪れたときに耳にした噂を大前は信じていた。出馬のチャンスを失わない努力だけを見せていればよい。警察庁の幹部になって国会議員に頭を下げるようなポジションには居たくない。したがって彼は「国会答弁連絡責任者」という、国会質問に対する回答や答弁に直接関わるセクションを常に巧く避けて通ってきたのだった。

いまは国会も閉会中だ。北京オリンピックが間もなく開催、改造新内閣の副大臣が決まろうとしている時期で、国会議員のうち、三回生クラスは国会内にいるが、その他の議員は総選挙が近いと判断してほとんどが地元に帰っている。

おかげで内閣参事官の仕事は開店休業状態である。それをいいことに、大前は昼間からビールを空けた後、デスク脇の応接用ソファーで午睡をとるような毎日を送っていた。

五時近くになり、哲哉がそろそろ帰ろうかと思っていると、プライベート用の携帯電話が鳴った。

「大前さん、ご無沙汰。加藤ですが、お元気?」

ジャパンテレビ報道局長の加藤正一郎からだった。

「ああ、加藤さん、珍しい。今日は何事ですか?」

「実はさ、歌舞伎町に新しいタイガールの店ができたらしいんだけど、これがなかなかで、向こうのカラオケ屋と同じ形式らしいんだよ。時間あったら、ご一緒しないかな……と思ってさ」

「ええっ、カラオケ屋って、その後のお持ち帰りもあるんですか?」

「そう、店の裏からホテルに繋がってるらしいんだよ」

タイのパタヤやバンコク市内の風俗系繁華街であるパッポン通りやタニヤ通りにある通称「カラオケ屋」には、店内の入り口脇のひな壇に二十人から三十人の女性が並び、そのなかから気に入った子を連れ出してカラオケ設備がある個室に入り、事実上の売春を行う形式を採っている店が多い。それと同じ形式の店が歌舞伎町にできたというのである。

怠惰な午後を過ごしていた大前はすぐにこの話に飛びついた。

「ちょっと忙しいのだけど、今日は営業を終了しますから、これから合流しませんか?」

「やっぱり、この手の話には喰い付きがいいねぇ。じゃあこれから歌舞伎町で夏ふぐでも喰ってから、参りますか。車を回しますよ。永田町近くでもう一度携帯鳴らしますから、官邸前交差点でピックアップしましょう」

夕方、官邸前からジャパンテレビの社旗を隠したハイヤーで加藤にピックアップしてもらった大前はご機嫌だ。車内でももっぱらタイガールの店の話題で盛り上がった。道は比較的空いており、すぐに歌舞伎町の区役所通りに到着した。ふぐ屋にはすでに予約が入れられていた。生ビールで乾杯をして、鉄刺《てっさ》と加藤の好みであるブツを注文し、焼きふぐとふぐのから揚げが運ばれたころ、ふたりはそれぞれ二杯目のひれ酒を飲んでいた。

ちょうどそのとき、大前の携帯が鳴った。ディスプレーを確認すると妻の信子《のぶこ》からだ。オフィスを出る前に、今日は遅くなる旨の連絡をしていたのに――。大前は着信を確認した段階で一旦通話を保留にして、すぐに携帯の電源を切った。これに気づいた加藤が、

「いいの、電源切って……」

と尋ねると、

「女房ですよ。今日は遅くなると連絡したからいいんですよ。職場から緊急連絡も入

りませんしね……」

そう言って、大前はその後ずっと携帯の電源を切ったことを忘れてしまった。

ふぐ屋を出ると、ふたりは噂のカラオケ屋に開店と同時に入った。店内はタイの店を彷彿とさせる雰囲気だ。タイ系のなかでも美形の女性を揃えている。店内をひととおり見回してから、ふたりはお目当ての女性の物色に入った。

大前はすぐに好みの娘を見つけた。加藤もそう時間を要さずに女の子を決めると、四人で席に着いた。

「いらっしゃいませー、ご指名ありがとうございまーす」

大前は指名した女の子の全身をなめ回すように眺めた。

「好きなんだなあ～」

大前の姿を見た加藤が思わず笑い声を上げる。

ウィスキーボトルとフルーツの盛り合わせを注文し、一曲ずつカラオケを歌うと、それぞれが裏の出口から隣接するホテルに消えていった。ホテルの使用は一時間半という契約になっている。

事が済むと、大前は打ち合わせどおり、近くの喫茶店で加藤と落ち合った。男同士でソープランドや風俗に行った直後は、お互いにその話題には触れず、大体が「また行きましょうか……」という合い言葉のような一言で感想を察しあうものだ。そのとき、加藤の携帯が鳴った。

大前もふと自分の携帯を見て、電源が切れたままになっているのに気付いた。面倒くさそうに携帯の電源を入れると、バイブレータが作動し、着信を知らせてきた。そのほとんどが電話の着信を知らせる内容で、二十件を超えている。妻や自宅からだけでなく、姉の香織や知らない番号からも入っていた。「身内で不幸でも起こったのかも知れない」と思った大前は、その場で妻の信子に電話を入れた。

信子が電話に出るなり大声で叫んだ。

「あなた、いまどこで何をしてるの。みんなあなたを捜しているのよ」

いつもヒステリックな女だが、今夜は特にひどい。

「今日は大事な会議があるから、遅くなると言っただろう。何があったんだ。だれか死んだのか？」

「私もよくわからないのよ。ただ、お義姉さんや三枝の憲蔵さん、孝蔵さんからも電話が入りっぱなしで、役所にも電話したんだけど、『行き先がわからない』っていうから」

「わかった。今、目処が付いたから、姉さんに電話してみるよ」

電話の雰囲気で、異状を察した加藤が、

「大前さん、大丈夫？」

と訊いたが、大前自身、何がどうなっているのかまったくわからない。

「すいません。姉の家で何か起こったようで、ちょっと待っててください」

大前は姉の香織の携帯に電話を入れた。彼女はすぐに出た。

「姉さん？　僕だけど何かあったの？」

「哲哉、どうしてたの？　大変なことになっているのよ」

普段は冷静な姉の態度があまりに違っていた。相当、重要な懸案が持ち上がっている様子が電話を通して伝わってくる。

「僕のことはどうでもいい。何があったの？」

「私も正確なことはわからないの。ただ、日美商会の重田さんのところに養子に行った孝蔵さんの息子さん、悠斗君が誘拐されたらしいのよ」

「何？　誘拐？」

大前は自分の耳を疑った。それは身内に誘拐事件が起きたことに対する疑問ではなく、その問題がなぜこの自分に降りかかってきているのかがわからなかったからだ。

「それで、なんで僕のところに連絡がくるんだ？」

「何を言ってるの、あなた、警察でしょう。みんなどうしていいのかわからないのよ」

身内に警察がいると、いろいろな相談事が来るのは確かだが、自分の子どもが誘拐されて警察に連絡するならば一一〇番への通報が第一じゃないか。大前はそう思った。このとき、誘拐されたその自分の親族というのが、財界の重鎮の孫であることをすっかり失念していた。

「そ、そりゃ、僕も警察だけど、そんなときは一一〇番するのが先だろう」

「だから、そんな事も含めてあなたに相談したいのよ」

「ぼ、僕に相談されてもなあ、困ったなあ。僕のテリトリーじゃないんだよな……。「誰かいるでしょう。お友だちとかで……」

姉から「お友だち……」と言われたとき、一瞬、後ろめたい気持ちになった大前は、その場を取り繕うしかなかった。

「う〜ん。わかった。そうしたら、孝蔵さんに僕の携帯に電話するように伝えてくれよ」

この緊迫した会話を聞いていた社会部出身の加藤は、先ほどまでの惚けからは想像できない、突如マスコミ魂に火が付いた真剣な顔になって言った。

「どうしたの？　何、誘拐って？」

「いや、はっきりわからないんですが、知り合いの子どもが誘拐されたと言うんですよ」

加藤は思わず身を乗り出した。もし、これがまだ他に漏れていない事件だとすれば大スクープになるかもしれないのだ。

「東京ですか」

「そうです」

「そうしたら捜査一課の特殊班ですよ」

大前は「ここにいいお友だちがいるじゃないか」と、うれしい気持ちを抑えながら、素直にアドバイスを受けようと思った。警察の大して仲もよくない知人に訊くよりも、加藤のほうがよほど幅広く警察組織のことを知っている。

「それは誘拐事件を扱うセクションですか」

「そう。まず、あの部署が動くはずです」

「警視庁の捜査一課にはキャリアはいないよな」

大前には「キャリア以外は警察仲間ではない」という歪んだ意識がある。

「そうですね、あの部署だけはノンキャリの牙城ですからね」

「ふーん。困ったな。武内《たけうち》さんに訊いてみるかな」

「武内さんって、警察庁の特殊犯罪対策室長の、あの武内さんですか」

「そう。中学からの先輩なんですよ」

「じゃあ、ピッタリだ。刑事警察のなかでも、誘拐事件となるとあのポジションが総元締めのはずですよ」

　それを聞いて大前は肩の力が抜けたような気がした。ちょうどそのとき、また携帯が鳴った。一般加入電話からの着信だ。

「ああ、大変ご無沙汰いたしております。日美商会の重田孝蔵です。今、お電話よろしいですか？　実は今日、私どもの長男の悠斗が誘拐されたようで、その対応に苦慮しております」

「そうですか、それで、警察には通報しているのですね？」

「いえ、まだしておりません」

「ええっ。どうして……その誘拐はいつごろわかった話なのですか？」

「最初は昼過ぎに犯人と思われる男から電話があったのですが、最終的に確認できたのは夕方でした。私自身半信半疑でしたから」

　大前は不思議と冷静に「一般人とは案外こういうモノかも知れない」と思いなが

ら、たった今、加藤から教えられたことを速やかに伝えた。

「すぐに警視庁本部の捜査第一課の特殊班に電話しなさい。メモしてくださいよ。警視庁本部の電話番号は三五八一の四三二一です。交換が出たら名前を言って、『捜査第一課の特殊班を』とだけ伝えてください。担当者が出たら、事件の概要を話して、僕の親族であることと、僕の先輩が『警察庁刑事局特殊犯罪対策室長の武内』であることを伝えてください。孝蔵さん、まずあなたが気持ちをしっかり持つのですよ。僕は僕で動きますから。すぐに動いてください」

「ありがとうございます。本当に感謝いたします」

電話の向こうの声が涙声になった。重田孝蔵の姿が思い浮かぶ。

電話を切ってホッとしたとき、加藤がマスコミの人間らしく尋ねた。

「先方は、今の大前さんの言葉で勇気づけられたと思いますよ。ところで、これはまだ警察も知らない事件なんですね？」

「はい。でも、加藤さんのおかげで、答えることができましたよ。これから警察に届けるみたいですが、大騒ぎになるんでしょうね」

「大騒ぎ……？　被害者は大物なんですか？」

「うーん。言っていいのかな」

加藤は「スクープを絶対に逃さない」という意志を表には出さず、

「僕もマスコミの端くれですよ。でも、今は被害者の無事救出が一番だ。マスコミも警察に対しては報道協定を申し入れるはずですから、被害者が無事に解放されたことを確認するまで報道することはありませんよ」

そう穏やかに言った。大前は「仕方ない」という気持ちで答えた。

「そうですよね。実は僕の親族でもある、日美商会の重田さんの孫です」

「ええっ。日美商会の……あの重田祐介さんの孫……というと孝蔵さんの子ども」

「そうなりますね」

「そ、それは大事件じゃないですか。日美商会の重田家か」

加藤にしてみれば財界を揺るがす大事件の発生をリアルタイムで知ったことになるのだ。心がはやっているのか、加藤の右足が小刻みに揺れていた。

「大前さん、こういう言い方は失礼かも知れませんが、テレビ局の報道局長として、このまま放っておくことはできません。取材のチャンスを頂いてよろしいですか」

仕方ないことだと大前は思った。先ほどの孝蔵に対する受け答えも、加藤がいなければできなかったはずだし、今後の情報も加藤を通じて自分に入ってくれば、重田家に対していい顔ができるかもしれないという打算もし始めていた。こういう点に関しては抜け目がない男なのだ。

「わかりました。加藤さんには僕も情報を提供しますが、加藤さんも取材情報を僕に教えてください。身内としてなんとか重田家の役に立ちたいですから」

「大前さん、ありがとう。僕はこれからすぐに動きます。車は自由に使ってください。僕はタクシーで局に戻りますから」

「ああ、それはどうもありがとう。今日もすっかりご馳走になってすいません」

「なにをおっしゃる。これは僕の報道人生最大のスクープですよ」

加藤は伝票を手にして立ち上がると精算をして急ぎ足で店を出て行った。大前は孝蔵に当面のアドバイスはできたものの、今後、自分に何ができるのかと考えると、憂鬱な気持ちになるのを抑えることができなかった。

二一：二二

「はい警視庁です」

「私は重田と申しますが、捜査第一課の特殊班にお願いいたします」

「刑事部捜査第一課に特殊班という部署はございませんが、特別捜査室にお繋ぎいたしましょうか？　どのようなご用件でしょうか」

「ええっ、特殊班はないんですか？　あのう、誘拐事件とかを扱う……」

「そうしましたら、特別捜査室に一旦お繋ぎいたしますので、そちらで話をされたほうがよいかと思います」

「わかりました。お願いします」

オペレーターにつないでもらっているあいだ、重田孝蔵は再び暗澹たる気持ちになっていた。――最初の連絡部署からして間違ってるじゃないか。相変わらず大前哲哉はいい加減なやつだ。

「はい、特別捜査室です」

このとき、特別捜査室の指揮デスクモニターには、受理時間は午後九時二十二分の表示が出ていた。

「あの、私は重田と申しますが、誘拐事件の捜査はこちらが担当でよろしいのでしょうか？」

「はい、結構です」

実に明快な応対だ。

「あのう、特殊班というのは存在しないのですか？」

「本年五月から新組織になっておりますので、こちらが旧来の特殊班を吸収したかたちとなっております」

「あ、そういうことでしたか。実は私の長男が誘拐されたようで、身代金の要求がありました」

「ご子息は現在、行方不明の状態でよろしいのですね」

「そのとおりです」

「ご子息の年齢は？」

「八歳、小学二年生です」

「身代金を要求されていらっしゃるとのことですが、犯人側からの連絡方法、回数、内容はいかがでしたか？」

「はい、電話で二回、明日の正午までに使用済み紙幣で二億円です。録音テープもあります」

「わかりました。現在捜査員が出動態勢を整えております。そちらの電話は中央区京橋の『株式会社日美商会』となっておりますが、捜査員はそちらに向かえばよろしいのですか？」

「あ、はい。私は日美商会の専務取締役、重田孝蔵と申します。ビルの南側に通用口がありますので、そちらからお入り頂ければありがたいのですが……」

「隣にお弁当屋さんがあるところの出入口ですね？」

「あ、はい。そのとおりです。そこまでわかるのですか？」

「はい。到着三分前に、この電話にこちらから連絡を入れますので、捜査員が直ちに入ることができるように準備をお願いいたします。できれば専務の肩書きを証明できる社員証を出入口で捜査員にお示しください。宅配業者の車で横付けいたします」

「わかりました。あの、それから、私は現在内閣参事官をしております大前哲哉の親族で……」

「それは結構です。総理大臣の子どもであろうが密航者の子どもであろうが、守る命は同じです」

　電話で警察官と話している途中から、孝蔵は啞然としていた。電話をかけただけで、瞬時に会社通用口の位置まで把握してしまうシステムに畏怖の念さえ抱いた。

　特別捜査室の事件担当者は、四人一組で十二日に一度の宿直体制に組み込まれている。他の課員の場合は二ヵ月に一度の本部総合宿直と、月に一度の刑事部内宿直だから、本部所属の課内ではかなりの特別体制だ。

この夜、重田孝蔵の電話を受けた室内では、まず入電と同時にモニターから画像と音声が流れ、日美商会に関するデータが続々とプログラム化されていった。そして事件担当者は突発態勢に切り替わった。

突発態勢とは、週毎に事件担当係長を中心に一個班八人が臨場態勢を組むもので、航空会社が操縦士や客室乗務員に課す「スタンバイ」態勢と同じと考えてよい。

この突発要員に指定された週は、居所明示が原則となり、飲酒は適度に抑えておくことが求められる。また宿直責任者は事件担当管理官の指示を得て、室長と理事官に即報をせねばならず、即報事案でない場合でも、取り扱い事項について午前五時までに自宅へＦＡＸ送信による報告が義務付けられている。

第一臨場チームの警部補・高木《たかぎ》主任以下三人は、宅配業者の車に偽装し、誘拐事件用資機材を搭載したワゴン車で素早く出動した。出動時間は午後九時三十二分、受理から十分、まずまずのスタートだ。この間に交通管制センターと連絡を取る。市販のものより正確なナビゲーターにより、現時点で最も道が空いている現場までのルート検索も終了していた。

出動報告は警視庁通信指令本部の「特殊チャンネルＡ」になされている。これが刑事部の総合当直にも自動的に流され、この回線が使用されたときは、警視総監、副総監、刑事部長、刑事部参事官、刑事総務課長、捜査第一課長、捜査第二課長に対しても、翌朝までに要連絡事項となる。

「けいしエスシーワンから警視庁」

「けいしエスシーワン、どうぞ」

「特命、中央管内出向、どうぞ」

「警視庁了解。本件刑事、どうぞ」

「刑事了解」

これで、連絡態勢も確保されたことになる。

この警察無線に使われた「エスシー」は特別捜査室の特別指令「スペシャルコマンド」の頭文字「SとC」のことである。

午後九時四十一分、宅配業者の車に偽装したワゴン車のなかから高木は日美商会に電話を入れた。交通量が少なくなった内堀通りから馬場先門を経由し、東京国際フォーラム東の交差点を過ぎ、JR東京駅脇のガードを越える地点でのことだ。

「専務の重田様ですね、警視庁捜査第一課特別捜査室の高木と申します。あと三分ほどで到着いたしますので、デスクからの連絡どおりの手順でお願いいたします。なお、車両の駐車場所は通用口脇の御社の駐車場でよろしいですか？　はい、間もなく鍛冶橋《かじばし》を通過いたします」

偽装の宅配車は路地を二つ抜けて所定の場所に到着した。

「けいしエスシーワンから警視庁」

「けいしエスシーワン、どうぞ」

「現着、どうぞ」

「警視庁了解。二十一時四十四分二十秒。以上警視庁」


日美商会の通用口には手持ちの写真と似た男が立っていた。

重田孝蔵、昭和四十六年十月七日生の三十七歳、本籍、住所は田園調布三丁目。前科前歴なし。交通違反歴一回、スピード違反。株式会社日美商会・専務取締役、日本青年会議所・副会頭、実父は衆議院議員の三枝清蔵、実母は元女優の原礼子《はられいこ》、義父は財界の重鎮の重田祐介。

送られてきたデータによると、一昨年、日美商会の株主総会で指定暴力団である極興会に属する総会屋の若い衆が暴れて逮捕されている。以来、日美商会は極興会と微妙な関係にある。また、今年に入って化粧品業界への進出に関連して、関西系暴力団の系列右翼による街宣活動を受けていた。

車を出入り口に横付けすると、助手席から高木が降り、重田孝蔵の身分を確認すると、車の左後部スライド扉を開け、運転していた科学捜査班の長谷川《はせがわ》巡査部長と、後部個室に同乗していた柴田《しばた》巡査部長とともに特殊樹脂製の大型バッグを三個降ろし、素早く建物内に搬入した。外部からはこの光景を見ることができないように車が配置されている。

四人はエレベーターで二十一階の専務室に直行した。

そこには六十代後半であろうか、白髪の恰幅のいい紳士と三十代前半と思われる美しい女性が応接セットに座っていたが、ふたりは高木たちの姿を見るなり素早くソファーから立ち上がろうとした。どちらも憔悴《しょうすい》しきっている。現場到着までに本部から送られてきたデータにより、老紳士が日美商会社長の重田祐介、女性がその娘で、孝蔵の妻の明子であることがわかっている。

高木は二人の動きを制し、バッグから小型無線機のような機械を出すと、スイッチを入れた。それからおもむろに名刺を差し出し重田孝蔵に自己紹介をした。孝蔵も背広の胸ポケットから名刺入れを取り出し、丁寧に挨拶をした。

「このたびはご迷惑をおかけいたします。父親の重田孝蔵と申します。これが妻の明子、そして、義父、息子の祖父に当たります、重田祐介です」

重田祐介が、頼みますぞ、と懇願するような目で高木を見てうなずいた。

「私は捜査第一課特別捜査室の高木と申します」

そのとき、後方で柴田巡査部長が声をかけた。

「すみません、この一角をお借りしてよろしいでしょうか」

部屋の奥に特殊樹脂製の大型バッグ三個を運び込んでいる。

「どうぞ、ご自由にお使いください。電源もどこを使われても結構です。ご案内しますわ」

明子が立ち上がった。息子が登校したあとの日中は、やれ歌舞伎だの、宝塚歌劇だのと友人と遊び回っている明子は、その帰りによく孝蔵のオフィスに立ち寄ってはお茶を飲んでいく。来るたびに秘書の青木に冷たい視線を送っているのだが、そのせいでオフィスのどこに何があるのかをよく把握しているのだ。

「ありがとうございます」

柴田が資機材のセットを始めた。

「早速ですが、今回の誘拐事件と思われる事案の流れについてお伺いしたいのですが……」

手にしたアタッシュケースをテーブルの上に載せ、孝蔵と差し向かいになるかたちで高木もソファーに身をおいた。

孝蔵は捜査官を前に動揺しているのだろう。何をどう話せばいいのか、しきりに両手の指を組んだり、揉み合わせたりしている。相手を落ち着かせるために、高木はアタッシュケースからパソコンを取り出し、セットをしながら、ゆっくりとした口調で話し始めた。

「私どもは、緊急事態の発生に伴いまして、三人だけでここに参りましたが、現在、警視庁本部では捜査態勢を組むため、準備中です。この事件の発生については直ちに警視総監まで報告が上がるものと思われます。このような特殊な事件では初動捜査が非常に大きな鍵を握ることになりますので、これから私が順次質問することにお答えください」

少し落ち着きを取り戻したのか、孝蔵は姿勢を正し、明子のほうを見てから、高木に向き直った。

「わかりました。私と妻とで対応したほうがよいかと思いますが、いかがでしょうか」

「はい、今日だけでなく、最近のご子息のことも伺いますので、お願いいたします」

孝蔵の目配せを受けて、明子がソファーの中央に身を寄せてきた。

「あのう、失礼ですが、刑事さんとお呼びしてよろしいんですか?」

唐突な質問に、その場の雰囲気がすこし和んだ。実際には警察組織内で「刑事」と呼ばれるのは、階級が「巡査(正式な階級ではないが、巡査長を含む)」の者に限られる。しかし一般の人々にとって、私服の警察官は皆「刑事さん」に見えるのだろう。高木が苦笑しながら答えた。

「それで結構ですよ」

続けて明子が不安げな顔で訊いてきた。

「刑事さんは、誘拐事件の捜査をされたことがあるのですか?」

自分の息子の命がかかっているのだから、できれば優秀なベテラン捜査員に対応して貰いたい……そう願っているのだろう。高木は正直に答えた。

「残念ながら、直接、誘拐事件捜査を経験したことはありません」

「そうですか……」

お嬢様育ちの素直さなのか、明子の表情はあからさまに落胆のそれに変わった。

その気持ちもわからないではない。高木は日ごろから実年齢より五、六歳は若く見られ、まだ二十代後半の若造のような雰囲気をもっている。彼は気にせず質問に入った。

「それでは、まず、今日のご子息の行動についてお伺いいたします。昨夜から今朝起きて最初に顔を合わせるまでに何か普段と変わったところはありませんでしたか?」

愛する息子の姿が思い浮かぶのだろう、明子は涙をこらえながらぽつぽつと話し始める。

「悠斗は、あの子は、学校が好きで友だちもたくさんいて、いつも登校を楽しみにしていました。いまは夏休みですが、今日の水泳とサッカーの大会も心待ちにしていました。ゆうべも九時頃には寝たと思います。今朝は六時過ぎに起き、朝食をとって朝七時半に家を出ました。とても嬉しそうに元気に出て行ったんです」

「なるほど、学校で友だちに会うのが楽しみだったんですね。では、ご子息の身長、体型と、朝、家を出たときの服装と、自宅から学校までの経路を教えてください」

「はい、身長は百三十センチ、体型はふつうよりすこし痩せているほうだと思います。服装は初等科の制服ですから、黒の学生帽、白ワイシャツ、黒の半ズボン、白の靴下、黒革靴で、今日はランドセルではなく、ベージュのキルティングでできた手提げバッグをもって行きました。学校への通学路は自宅から田園調布の駅までは、子どもの足でも五分くらいで、自宅前の道を真っ直ぐ歩けば駅に着きます。駅から相互乗り入れの南北線一本で四ツ谷駅まで行き、四ツ谷からはやはり徒歩五分で学校に着きます」

東京メトロは南北線が東急目黒線に乗り入れている。

「なるほど、ご自宅は田園調布三丁目でしたね」

「はい、そのとおりです」

警察はすでに家族のことを調べ終えている。少しずつではあるが明子の顔に信頼と安堵の表情が浮かんできた。

「時間の確認ですが、ご自宅を出られたのは、午前七時三十分で間違いありませんか?」

「はい、ダイニングのテレビがついてまして、映っていたニュース番組で『まもなく七時三十分です』というアナウンスが流れたのを聞いて、息子が玄関に参りましたから、外出したのは七時三十分に間違いありません」

「参考ながら、ご子息に携帯電話はもたせてはいらっしゃいませんか?」

「小学二年生ですので、まだ早いかと思い、もたせておりません。買い与えておくべきだったでしょうか……」

「それは何とも言えません。善し悪しがありますから……。ご子息の写真はここにはありませんか?」

その問いに、孝蔵と明子がほとんど同時に声を発した。

「ああ、それならここにあります」

孝蔵がソファーから立ち上がり、自分のデスクの上から写真立てをとってきた。

「これがそうです」

満面に笑みをたたえた、見るからに利発そうな少年だ。

明子はハンドバッグを引き寄せ、なかから携帯用のアルバムを取り出し、自分のお気に入りなのだろう、四枚を選んで高木に差し出した。そのうちの一枚については説明を加えた。

「この服装で出かけました」

高木も見覚えのある、白ワイシャツに黒色半ズボンの名門小学校の制服だ。

「この写真、ちょっとお預かりしてもよろしいですか？」

「どうぞ、お役立てください」

夫妻が声をそろえて言った。それで息子が帰ってくるなら、という希望がふたりのハーモニーに感じられる。高木はその制服写真を、そばに控えている柴田巡査部長に手渡し指示を出した。

「柴田チョウ、この写真をセンターに送ってもらえる？　それから、東急田園調布駅から、四ツ谷駅までの東急、メトロ全駅の午前七時から午後九時までのすべての監視カメラ画像を緊急手配して、この写真との照合をいつもどおりの処理で依頼して」

「了解」

高木が重田家の人々と話をしている間に、柴田はさきほど運び込んだ特殊樹脂製の大型バッグから様々な資機材を取り出し、すみやかにセットを完了していた。

孝蔵はセッティングされた機械を目にして驚いた。二畳ほどのスペースに、まるで小さなハイテクセンターが出現したかのような光景だ。

「凄いものですね」

「そうですね、おそらく世界でも最先端に近い機材だと思いますよ」

高木がさりげなく答えると、孝蔵、明子ともソファーを離れて柴田のそばに行った。

柴田巡査部長はてきぱきとキーボードを打ち、写真をスキャナーのような機械に入れてデータ送信をしている。一方で高木主任がさきほどの夫妻との会話を素早くパソコンに打ち込んでいく。文章は話の内容に応じた書類フォームに自動的に反映されていった。一つの情報があらゆる捜査書類に反映される、警視庁独自のシステムを完璧に使いこなしているのだ。

明子は目を見張った。

高木がキーボードを打つ手をとめて、ソファーから孝蔵夫妻に声をかけた。

「専務、ところで身代金要求の件でお伺いしたいのですが……」

孝蔵は、ハッと我に返った。そこで孝蔵の義父、日美商会社長の祐介が口を挟んだ。

「実は、私どもの親族に警察関係者がおりまして、そちらにも一応相談しているのです」

「ええっ！」

高木は驚きの声を上げ、すぐさまキーボードを操作した。数秒の沈黙。

「……それは大前哲哉さんのことですか？」

今度は社長の祐介が驚きの声を上げる番だった。

「そんなことがすぐにわかるんですか？」

「はい、我々は、最初の通報が日美商会さんからによるものと確認された時点で、御社に関するデータを順次取り寄せています。事件の背後関係を知る上でも必要なことですから……。そのなかには当然ながら最低限の個人情報も含まれているのです。ところで、大前さんには、いつごろ、どの程度のご相談をされていらっしゃるのですか?」

　孝蔵が義父に代わって答えた。

「哲哉さんに電話をしたのは午後九時十五分ごろです。内容は息子が誘拐されたようだ……と言うことだけです。まずかったでしょうか」

　高木は孝蔵の質問には答えず、表情を変えずに続ける。

「なるほど、すると、その直後に私どもに電話されたわけですね」

「そうです。哲哉さんが捜査第一課の特殊班に連絡をするように教えてくれたのです」

「すると、現時点で、皆さんと大前警視正の他に何人くらいの方がこの誘拐事件のことを知っているのですか?」

「はい、哲哉さんに電話するまえに、兄の憲蔵に電話をしています」

「なるほど、哲哉さんのお姉さんのご主人にあたる方ですね」

　パソコンの画面をスクロールしながら高木が孝蔵の確認をとる。

「そのとおりです。そこまでわかるんですね」

「一応は……その他には?」

「私どもはそれ以上の連絡はしておりません。私の父もまだ知らないと思います」

「私の父」が衆議院議員の三枝清蔵のことであることもデータで一目瞭然なのだろう。これではプライバシーが丸見えだ。恐ろしい時代になったものだ。孝蔵は思わず襟を正した。

「本題に戻りましょう。身代金要求の電話が最初にあったのは？」

「はい、一回目は午後一時から三十秒です。これは秘書が確認しております。二回目は午後二時三十三分から三十五秒間です。このときの会話は録音しております」

「録音はテープですか、ボイスレコーダーですか？」

「恥ずかしながら、まだ、テープです」

「いや、それが正解です。デジタル録音は音声の合成が機械的にできるため証拠になりません。今、ここで聞くことができますか？」

「はい。すぐにでも……」

孝蔵は自分のデスクに行き、電話の横に設置してある録音機のスイッチを押した。

「大変お待たせいたしました。重田でございます」

「現金の準備は順調ですか？」

「失礼ですが、あなたはどなたですか？」

「悠斗君の身柄を預かっている者と申し上げたはずだが、まったく信じていないようだな。すぐにでも息子の居場所を確認してみることだ」

「あなたは、息子を誘拐したとでも言うのか。もしそこに悠斗がいるのなら、声を聞かせてくれ」

「自分で調べろ。それと、先ほども言ったが、明日の正午までに二億円を新券なしで用意しておくこと。ここまでは理解できたかな?」

「わ、わかった」

「それでよろしい。それではまた明日の正午に電話をする」

「ま、待ってくれ。もしもし、もしもし」


そこで会話は終わっている。高木が孝蔵に念を押す。

「そのデスクの電話にかかってきたわけですね」

「そうです。交換から秘書経由というかたちです」

「なるほど……その電話に私どもの録音機を取り付けてもよろしいですか?」

「もちろん、結構です」

「専務、そのテープもこちらでお預かりしてよろしいですか」

「はい、他にはたいした用件は入っておりませんし」

孝蔵は録音機からマイクロテープを取り出し、ソファーに戻ってきた。高木は受け取ったテープを見ながら、パソコンになにやら打ち込んだ。

「いま、任意提出書を作成いたしましたので、サインをお願いします」

そう言って柴田巡査部長を呼ぶと、柴田がA4サイズの紙を一枚持ってきた。

「そのパソコンは無線LANでつながっているのですか？」

孝蔵が興味深げに訊いた。少年のように目が輝いている。

「はい。ただし、私ども特別捜査室専用のデジタル処理と暗号処理を施しておりますので、他で拾われることはありません」

「なるほど……」

孝蔵が任意提出書に住所氏名などを記入しているあいだに、柴田巡査部長はマイクロテープを別のテープにダビングした。その後、ハードディスク用なのだろう、孝蔵が見たこともないような特殊な機械にもダビングをし終えると、ヘッドフォンを装着し、先ほどの録音を聞きはじめた。何度も聞き直している。

高木主任が夫妻を直視しながら、あらたまった調子で伝えた。

「重田孝蔵さん、本件は誘拐事件の恐れが濃厚ですので、現時点から誘拐容疑事件として捜査を行います。今後、犯人からの要求などに際しましては、私どもの指示に従っていただくことになりますので、よろしくお願いします」

時間は午後十時二十分だった。

重田孝蔵、明子の他、祐介もこれを了承した。三人は顔を見合わせると僅かに口元をゆるませた。

高木主任は重田一家が見たこともないかたちの携帯電話機をアタッシュケースから取り出し、番号を打ち込んだ。通称「携帯ワイド」、切り替え一つで警察電話になったり、通常の携帯電話になるイヤフォン付きのウォーキートーキーと呼ばれる電話機だ。相手は本庁の特別捜査室における今日の宿直責任者、太田《おおた》警部補である。

「太田さん、ゼロエックスです。至急報をお願いします。認定時間二十二時二十分です」

「ゼロエックス」とは誘拐事件発生を意味する警察符号である。

「ゼロエックス了解。藤江室長へはそちらから?」

「はい、こちらから連絡致します」

「了解、広報課長へはこちらから連絡を取ります。いま、柴田チョウからデータが入ってきていますから、これも添付します。刑事部長もスタンバイですから、連絡拠点を会社と自宅の双方に設置する了解を得ておいてください。鉄道関連は手配済みで、明日午前中には分析可能です」

現場到着から約三十分、事件認知から約一時間で手配を完了した。

この間のめまぐるしい動きのなかで、重田家の三人は当初警察に抱いていた疑心から、驚きと信頼の高みに昇り、その一方で親は子を、祖父は孫の安否を気遣うという、複雑な心境に翻弄されていた。だがもう、任せるしかないという意識で一致していた。

高木主任は一旦電話を切ると、

「すみません、もう一件だけ電話を入れさせていただきます」

と言って特殊携帯電話の番号を押した。

「藤江室長、高木です。ゼロエックスです」

「わかりました。僕も間もなくデスクにつきます。米澤《よねざわ》管理官以下一個班をすでに派遣しています。指揮下に入ってください」

特別捜査室の室長、藤江康央《やすひろ》に誘拐事件発生の至急報を送った段階で、第一臨場者としての準備が整った。間もなく、高木の特殊携帯電話が鳴った。

「ご苦労さん。米澤ですが、五分以内に到着します。手配を願います」

「了解です。裏の通用口からお入りください。私が出迎えます。管理官以下何名でしょうか？」

「三名です」

「了解。車両は？」

「エルグランドです。初期資機材は搬入済みだね」

「はい、全て設置完了です」

高木は重田一家に直属の上司が到着することを伝え、自宅への連絡拠点の併設を依頼した。

拠点をこの会社内に置くと、捜査員の出入りには便利だが、その分犯人側も比較的自由に出入りができる。犯人との交渉に電話回線を使うため、一般社員に対して情報が漏れやすいという弊害も出てくる。従って捜査サイドとしては、今晩中にも自宅に拠点を設定し、誘拐犯との交渉もそこから行うようにしておきたいという。孝蔵はこれを即座に了承した。

間もなく、事件第二担当管理官の米澤博《ひろし》警視が到着した。どっしりとした体に小振りの黒縁眼鏡がトレードマークの米澤は、重低音の声で周りを落ち着かせるように言った。

「いや、さすがに世界的な大会社ですな、昼間帯の三十分間の電話着信だけでも三百五十件ですわ」

米澤は五十歳。三十三歳の高木よりはるかに先輩だが、彼も捜査第一課生え抜きで、特殊班出身の総合事件指導担当管理官からの横滑り組だ。

「もう、そこまで調べているんですか……」

社長の祐介が思わず唸った。日美商会は流通業者であるとともに、大手商社、代理店を兼ねた一大企業体である。電話量は半端ではない。

「文明の利器は進歩が速くて、私なんかまったくついていけないのが実情ですが、SF映画によくあるように機械が罪を犯している訳じゃなく、結局は人がコントロールしているわけですからな。まだまだ人間が主役です。ただ、以前に比べて犯罪そのものが複雑化してやっかいになってますし、新手の犯罪もどんどん生まれている。犯罪者との知恵比べに負けるわけにはいかんのですよ」

「それは企業でも同じですよ。客のニーズがどんどん変わるし、販売ルートも変わって来る。昔どおりの仕事をしている会社は三日と持たない時代です」

米澤は頷いた。

「そんなモンですか。民間には民間の苦しみがあるわけですね。しかし、御社は、そのなかで一人勝ちしているという、もっぱらの噂ですが……」

「とんでもない、毎日が試行錯誤の連続ですよ」

「なるほどねぇ。ところで、今回、お孫さんがさらわれたわけですが、何か思い当たるふしはありませんか？　これはご両親にも伺いたいのですが」

話を事件のありように戻した米澤警視の問いに、孝蔵が答えた。

「まだ、金を払えという要求だけですから、見当もつきません。『何かから手を引け』とでも言われればわかるのですが……」

「なるほど……、ところで、今日は夏休み中の唯一の登校日だったわけですか？」

「はい、そのとおりです」

それを聞いて、米澤はなにかヒントを得たようなしたり顔になった。

「すると、そのことを知っている者の犯行になるわけですね」

「そうですね。学芸院の初等科の事情を知っている者ということでしょうか」

孝蔵が言い終わらないうちに、柴田巡査部長が口を挟んだ。

「管理官、そう決め付けることはできませんよ。この学芸院のホームページを見てください」

「何？」

パソコンを覗き込んだ米澤警視は苦い顔をした。

〈サマー　オープン　エレメンタリースクール〉

と言う見出しの下に、

〈夏休みに学芸院を体験しよう！〉

と書かれている。

午前十時から午後五時まで、授業風景などを一般に公開するというのだ。五月、八月、十月の年に三度の企画で、八月が最も人気があるらしい。在校生有志による水泳大会とサッカーの試合が行われ、それが済むと体育施設を一般の子弟たちにも午後五時まで開放する企画になっている。

「これじゃあ話にならんな」

米澤は最大の絞り込み対象がなくなって悔しがった。

「あとは敵の出方ですね」

柴田巡査部長の言葉に、一瞬全員が押し黙った。彼が犯人を「敵」と表現したからである。「敵」なのだ……。

沈黙を破ったのは米澤警視だった。

「高木主任、あんた悪いけど、奥さんと一緒に自宅の拠点に入ってもらえんか。ここじゃ、あとの捜査がやりにくいだろう。誘拐犯捜査の特別全国講習を受けているのはお前さんだけだからな」

高木は米澤の顔を見返した。本捜査を担当すると、事件解決まで泊まり込みになる可能性が高く、現在進めている他の事件捜査の計画も変更せざるを得ない。しかし、誘拐犯捜査は滅多にない仕事であり、これはチャンスである。

「というと、本件を担当するということですか」

「そう、あんたの上司の金子係長にも入ってもらう。なんとなくこの事件は振り出しが違う」

高木には耳慣れない表現を米澤が使った。

「振り出しが違うと言いますと？」

「普通、誘拐事件の身代金要求は自宅にかかってくるもんなんだよ。自宅に電話をして、出た者に用件を伝える。要するに金が手に入ればいいわけだからさ。こちらさんの場合でも、金を出すのは父親で日美商会の専務さんだとしても、いつも会社にいるとは限らんのに、なぜ犯人はわざわざ会社に電話をしてくるのか。ここが腑に落ちない。高木主任、この部屋の盗聴器チェックは終わってるんだな」

「はい。盗聴電波はありません。電話の件はご自宅が留守だったからじゃないんですか？」

高木はこの部屋に入ってすぐに盗聴器設置の有無をチェックしていたのだった。

「いや、専務さんの自宅の電話は五回の呼び出しで留守番電話に切り替わる。しかし、この間、一度も着信がない。おそらく、自宅の電話はあまり使われていなくて、普段は携帯電話の使用が主流になっている……違いますか、専務さん」

すでに何もかも調査されている。孝蔵はもはや驚かなかった。

「はい、確かにそのとおりで、自宅の電話に連絡を入れてくるのは限られた親族だけだと思います」

「そうだろうな、だからこそ、交渉拠点をお宅に置くことは我々に有利に働く。電話がかかってくれれば、犯人の可能性が高いから、わずかでも時間が稼げるからな。息子さんの安全のために、外部に知られないよう捜査を極秘に行う必要もある。なんとか理由を付けて、犯人をそちらに誘導しなくてはならない。会社に連絡されては社員の出入りが多くて交渉に応じられないとかな……相手も交渉だけならやりやすいほうを選ぶはずだ……ただし、犯人の真の目的がわからんだけに、相当の注意を払わないといけない」

孝蔵は管理官の言うことはいちいちもっともだと思った。

「それでは一旦、家内を自宅に帰しましょう。高木さんもご一緒に行かれますか……」

「そうですね、そうさせて貰いましょうか。高木主任、それでいいか？」

「はい、新資機材は搬送準備ができているのでしょうか？」

「それは本部を出るときに手配してある。今、自宅周辺の盗撮対策をやっているだろう」

孝蔵が二人の会話に割って入った。

「あのう、盗撮対策というのは……」

「誘拐というのは思いつきでできる犯罪ではないんですよ。特にご子息を狙った手口からいって、犯人は自宅を出たところから尾行した可能性がある。そうなると、犯行を終えたあと、自宅の動きも監視している可能性がある。警察を呼んでいないか……とかね。犯人が監視カメラや視察要員をどこかに付けているかもしれない。これを逆にこちらで予め探しておくんですよ」

「ははあ、なるほど……そんなに簡単に探すことができるんですか？」

「夜の監視には、特殊カメラが必要ですが、それには微弱な電波が出ている場合があるんです。それを盗聴器発見の要領で見つけだす」

「科学捜査って感じですね」

「まあ、こう言っても本格的になったのはこの春からですけどね。おっと、余計なことをしゃべってしまった、ははは」

その時、米澤の携帯が鳴った。

「……そうかわかった。これから出発させる」

米澤は電話を切ると、高木主任に言った。

「自宅から半径五百メートルは消毒完了だそうだ。高木主任頼むぞ」

「了解、では奥様よろしいですか?」

孝蔵が妻の明子をうながすと、明子は目頭を押さえながら小さく頷いた。祐介も一旦広尾の自宅に引き上げた。専務室には孝蔵と米澤管理官以下、金子係長、長谷川巡査部長の四人が残った。

二三：五六

夜道は比較的すいていた。

首都高速都心環状線の銀座ランプから入った警察車両のエルグランドは、三号線の用賀から環状八号線内回りに出て、玉川田園調布を右折した。

「田園調布」という地名は、「世田谷区玉川田園調布」と「大田区田園調布」の二つあるが、一般的に高級住宅街の代名詞となっているのは、後者である。

環状八号線、通称環八からわずかに入るだけで、周囲の景色は一変する。最初の信号を左折するとイチョウの並木道が緩やかな下り坂だ。その突き当たりが東急電鉄の田園調布駅になる。周辺は渋沢栄一が設計したと言われる、駅を扇の要にしたような放射状に区画された街だ。駅前が住所で言えば大田区田園調布三丁目になる。おおむね一軒が三百五十坪ほどに区画された、都内有数の高級住宅街である。

駅前ロータリーを半周して上り坂を少し進んだ左手に、木々がひときわ深い広大な屋敷が見えてきた。おそらく二区画を一つにしたくらいの広さだろう。午後十一時半過ぎ、エルグランドは重田邸に到着した。

入り口の門扉は、明子が手にした発信器をセンサーが感知し、自動的に開いた。門から五十メートルほど続く、左右の剪定の行き届いた木々の間を抜けると、そこに現代建築の象徴のようなコンクリート打ち放しの豪邸が姿を現した。

車寄せにエルグランドが滑り込むと、大きな木製の玄関扉が自動的に開いた。やはり明子がセンサー開扉したのだ。付近で待機していた捜査車両が続いて入っていった。

「屋敷」という言葉が似合うこの家は、あらゆるところに贅を尽くしてある。道路から家屋は見通せず、緑に包まれた住まいは、旧軽井沢の名家の別荘にでも来たような錯覚を抱かせる。

現場に着いた捜査官は誰しも、自分たちの生活とかけ離れた世界に思わずたじろいだ。車中、高木は明子と捜査資機材の設置場所について打ち合わせをし、「一階のリビングをお使いください」と言われていたが、彼女のいうリビングルームがこれほどの広さとは——。ざっと五十畳はある部屋なのだ。

「ここをすべて使ってよろしいのですか？　捜査員全員がここで合宿できそうです」

高木は、広すぎる空間を眺めながら明子に訊いた。

「お使い易いようにして頂いて結構です、電話は奥のソファー脇にありますから」

見ると、リビングには総革張りの高級感あふれるソファーセットがふたつあり、奥のコーナーに電話とファクシミリが設置されている。このわずかな空間だけがどこの家庭にもありそうな庶民的な趣を呈しているので、なんだか違和感があって、それがまたおかしいと高木は思った。

「こちらの電話番号は普通に登録されているものですか？」

と尋ねると、

「二回線あって、電話は私専用、ファックスは学校専用で連絡用に使っております。学校への連絡がけっこう頻繁にありますし、ファックスの方がメールよりも確実に目につきますでしょう?」

明子が説明してくれた。表情がやわらいではきたが、学校の話は、息子のことを思い出すのでやはりつらいのだろう。

「学校専用と言いますと、電話連絡網とか学内名簿に番号が記載されているわけですね?」

「そうなんです。主人はこの電話のことは一切関知していなくて、学校関係からはこちらの電話にかかって来るんですのよ」

それを聞いて、高木はふと「このファックスの電話に着信があったのではないか……」と思い、留守電状態になっている電話機を確認したところ、着信メッセージが数件残されていたものの、いずれも息子の学校からで、ファクシミリも学校から三ページの「夏休みだより」が届いているだけだった。その他のデータは記録されていなかったが、明子に電話番号を尋ね、念のためにNTTに着信の確認をとってみた。この電話番号を警察が把握していなかったためだ。しかし、ここ一ヵ月ほど着信は学校以外にないことが判明した。

犯人の狙いはこの家に対してではなく、会社もしくは専務の孝蔵自身にあるのではないか——高木はしばし考え込んだ。米澤警視が言うとおり、子どもを誘拐して身代金を要求するなら、家族との連絡がとりやすい自宅に、今回の場合は学校関係者に公開されているこの番号にかけてくるのがふつうのような気がする。

高木と柴田はこのリビングにも誘拐事件対応捜査キットを設置した。本部から届いた資機材は、日美商会の専務室に設置した突発資機材よりもさらに高度の分析機能がついている。

組み立てを終えると、柴田は各装置の起動確認と本部デスクとの通信確認を行い、準備万端整えた。完了報告を受けた高木は、明子にしばらく休むよう伝えた。明子はそれどころではないと主張したが、この事件は解決まで長丁場になる可能性があるので体力温存のためにも休むようにとの高木の説得に、ようやく渋々従った。

「皆さんはどちらでお休みになるの？」

明子の気遣いに、

「我々は車のなかに簡易ベッドがありますので、そこで交代で休みます」

と答えたところ、

「こちらに来客用の部屋があって、バストイレから小さなキッチンまで付いておりますから、ご自由にお使いくださいい」

明子の申し出に感謝しながらその部屋を見せてもらうと、そこはまるで高級ホテルのスイートルームだった。

「タオルもどうぞお使いください。ベッドも三人分はございますので……」

せっかくの厚意を無にするのも気が引けて、ありがたく使わせてもらうことにした。

高木は以前、日米首脳会談警備のときに、アメリカ大使館警備対策としてホテルオークラの一室を二週間、使用したことがあったが、重田邸のこの部屋はそれ以上の豪華さだ。

明日の昼まで特に動きはないだろうと思い、高木他三人は二交代の態勢を組むことにした。暖炉の上のフクロウを象《かたど》った置時計は二十三時五十六分をさしていた。

第五章　捕捉

八月五日　〇八：〇〇

午前八時、藤江は刑事部長の大石の部屋にいた。

「少年の誘拐事件となると、これまでのデータから見て一週間以内で解決をしなければ、被害者の生命身体の安全を確保することは困難です」

「一週間か。今回の事件の背後関係はどうなんだ」

「今のところまったく不明ですが、被害者の自宅ではなく、父親の会社に身代金要求が来ている点がポイントだと思います」

「そうだな、ターゲットは会社ということか」

「それは何とも申せませんが、日美商会という巨大企業ですから敵も多いかと」

藤江室長の報告に、大石刑事部長が、彼らしくもなく神経質そうにペンを指の間で回しながら言葉を続ける。

「お前は今回、捜査本部をどこに設置するつもりだ」

「当面は秘匿が第一ですので、私どもだけで進めようと思っております」

「八時半に総監から呼ばれている。マスコミもこんなに早くから総監が登庁して来るとは、何かあったのではといぶかしく思うだろう」

「都議会対策ということでよろしいのではないでしょうか」

部長は自分では気づいていないかもしれないが、ペン回しがかなり巧みだと藤江はその指先を眺めている。

「お前の目論見はどうなんだ。捕まえることができるのか」

「そのための準備はできております。これまでの捜査手法に固執しない科学捜査を実施するつもりです」

「わかった。総監にもそう伝えておこう」

「はい、よろしくお願いいたします。ところで部長、そのペン回しは見事ですね」

藤江が笑顔で言うと、ようやく大石部長の表情もほころんだ。

「これは昔から俺の得意技なんだ。放談会でマスコミ連中に見せてやったら、みんな真似をしていた。お前もできるか?」

「いえ、手先と女性には不器用なものですから」

「はっはっは。いや、総監室に行くまえにお前に会っておいてよかった。あとは頼むぞ」

「はい、全力を尽くします」

部長室をあとにした藤江が一階の売店でサンドウィッチと牛乳を買って自室に戻ろうとしたとき、プライベートの携帯が鳴った。ディスプレーを確認すると、あの韓国歌手のチェ・アジュンからだった。

「藤江先生、お久しぶりです」

「ああ、アジュンさん。お元気ですか？」

「昨日、東京に来ました。お会いできるお時間はありませんか？」

藤江は携帯から漏れる声を左手で押さえながら、小声で言った。

「実は、事件になるかもしれない案件を抱えていて忙しいのです。一週間は確認作業に追われてしまうと思いますが、日本にはいつまでいらっしゃるのですか？」

「はい、今回は三日間の予定です。今回は残念ですが、また電話しますね。でも、声を聞くことができてよかったです。体に気を付けて下さいね」

「ありがとう。また会える日を楽しみにしています。お元気で」

藤江は公私の携帯電話を使い分けている。この電話をデスクで取らずに済んだことに安堵した。

〇八：三〇

午前八時半、東急電鉄、東京メトロ、ＪＲ東日本各社から、重田悠斗の通学路線すべての駅に設置されている防犯カメラの画像が届いた。特別捜査室内の分析室で解析作業が始まった。室長の藤江も同席している。

被害者の悠斗少年は、普段は自宅を出ると、東急電鉄・田園調布駅から電車に乗り、四ツ谷駅で下車し、そこから学芸院まで歩いて登校するという。自宅から田園調布駅に向かうあいだに誘拐されていなければ、駅の防犯カメラにその姿が写っているはずだ。

「おお、いた。これだな」

藤江が大きな声で言った。制服姿の悠斗少年が、東急田園調布駅の改札口を通過しようとしているところだ。時間は午前七時三十八分。

「パスモの定期券を手にしている」

藤江は即刻、そのパスモの入退場データの提供を鉄道三社に依頼した。検索をすれば、少年がどこの駅で乗り換え、最終的にどこの駅から外へ連れ出されたかがわかる。このデータの分析は三社をまたぐため、時間がかかることが予想された。しかし東急電鉄田園調布駅からはすぐにデータが届いた。東急電鉄では事件発生当日の出場記録が確認されなかったので、これを東京メトロ、ＪＲ東日本の両社に照会した。

パスモのシステムはＪＲ東日本のスイカとほぼ同じだ。このスイカの開発メンバーの一人が警視庁ハイテク捜査官に転身していたため、今回の捜査方法が生み出された。皮肉なことに、このスイカやパスモのような非接触による機械認識技術は、スキミング犯罪など、新手の犯罪をも生んでいる。

「そうなると、降車駅は目黒から先ということか……」

少年の通学経路は、東急目黒線で田園調布から目黒、目黒から乗り入れている東京メトロ南北線で学校のある四ツ谷駅で下車ということになっている。藤江はモニター画面を食い入るように見つめている。

「よし、写っている。まだひとりだ」

目黒駅で乗降客にまぎれて、少年が一旦ホームに降り、同じ電車の別の車両に戻る姿が確認された。

各駅のホームのカメラにこの車両が写っているが、目黒駅から一つ目の白金台では、少年が電車を降りたり、一旦降りて車両を移動した形跡はない。乗り換え案内を調べると、目黒駅で乗車した車両の扉が、少年のいつも下車する四ツ谷駅の昇りエスカレーターに一番近いことが確認された。

そのとき、画像をチェックしていた捜査員が、

「白金高輪で降車します」

と叫んだ。

「白金高輪……」

藤江は唇を嚙んで画面を食い入るように見つめている。

確かに、そのホームに少年がいる。そばにチャコールグレーのスーツを着て、黒いアタッシュケースを持ったビジネスマン風の男と、薄青っぽいワンピースを着たやや色黒の若い女性が立っている。ビジネスマン風の男は少年に話しかけ、少年も受け答えしながらうなずいているように見える——この男は、お父様から頼まれて迎えに来たなどと騙り、この子を安心させているのかもしれない。少年は嫌がっている風に見えない。

「犯人はこいつらか！　被害者は目黒駅を過ぎた南北線のなかでつかまって、白金高

輪で降ろされたんだ」

　モニターを見ながら当直の太田警部補が苦々しく叫んだ。そこに電車が進入してきた。都営三田線の車両だ。

「なに？　三田線？　しまった！　都営地下鉄を忘れていた……すぐに都営地下鉄全線の防犯カメラの画像を押さえて来い」

　自らの手違いに気付いた太田は、怒鳴り声になっている。

　都内の地下鉄線には東京メトロと都営地下鉄の二種類があるが、白金高輪ではこれが一つのホームで接続されている。

　状況をとっさに把握した藤江は落ち着き払っている。

「都営線なら、都庁の監視センターで集合監視をしています。白金高輪駅の画像にアクセスできるはずです」

「都庁ですか？」

　できれば、この電車には乗って欲しくないのが、東京の地下鉄路線を熟知している捜査員の願いだ。

「三田線に乗車です」

「くそ！」

発しない。

太田警部補が毒づいた。朝の通勤時間帯にもかかわらず、電車は定刻を過ぎても出

「都営地下鉄監視センターと連絡がつきました」

「災害用ラインを警視庁センターに繋いでもらってください。それと構内の監視カメラの配置図を至急ＦＡＸしてもらってください。とりあえず、白金高輪駅と三田駅だけで結構です」

大地震発生時にはほとんどの有線回線が止まってしまうが、災害用ラインは強固なカバーに守られた緊急ラインで、通常は使用されていないが、大容量の画図なども送信が可能なのだ。藤江の指揮は沈着にして冷静だ。

「了解」

十数分後、指揮所のモニターに、白金高輪駅の三田線ホーム画像が、警視庁センターを経由して送られてきた。

「室長、白金高輪駅画像を三番モニターに流します」

「お願いします」

三番モニターの画像を、都営三田線の到着時間に合わせる作業が進んでいる。作業担当者は白金高輪駅構内の監視カメラの配置図を見ながら、電話で都庁内の監視セン

ターと連絡を取り、画面の選定を行っている。

「三田線が出発します」

白金高輪駅と三田駅は隣接する駅であるが、駅間が長く、所要時間は四分近い。

「三田駅画像が入りました——。三田で降車しました！」

モニター分析をしていた捜査員が再び叫んだ。

「では、時間がかかっても仕方ありません、都営地下鉄の担当者の方と連携を取って、この画像から追いかけましょう」

「しかし、室長、三田駅は……」

太田の額に脂汗が浮かんでいる。

藤江には太田の言わんとしていることがすぐにわかった。三田駅は都営地下鉄の二線が合流しているうえに、都営浅草線のほうは京浜急行、京成電鉄の双方に乗り入れている。つまり、神奈川と千葉両県への窓口であり、さらに言えば羽田空港と成田空港両方に乗り入れている路線なのだ。

「三田駅の乗降状況と駅構内の見取り図をお願いします」

藤江の凜とした声に、降車状況の拡大画像がモニターに映し出された。

ビジネスマン風の男と少年、そして若い女の三人はエスカレーターに縦一列に並んで上がっていく。

「三田のエスカレーター監視です」

「よし、時間を合わせろ」

三田線のミスをなんとか返上しなければならない。太田警部補の口調は厳しい。

「よし、昇ってきたな。まだ話をしている。降りてそのまま前進だな……駅の見取り図は？　この男女の顔をデータ化してくれ」

矢継ぎ早に指示が飛んでくる。

「これは都営浅草線への連絡通路です」

「よし。奴らの顔を見せてくれ」

画像に三人が現れた。男が先導し、女が少年と手をつないでいる。間違いなく、この男女が誘拐に関与している。

「この男女の写真を被害者の両親に見せるんだ。それとアップを一枚ずつこちらに持ってこい！」

太田警部補の指示で、数枚の写真が日美商会と田園調布の重田邸に送られた。

「エスカレーターを一緒に昇り始めています。都営浅草線のホームに来ました。浅草線へ乗り換えのようです」

分析担当が太田警部補に伝えた。太田は三田駅の構内図を指でなぞりながら確認している。

「そうだな、ホームをどこまで歩くかだな……。ところで、この被害者が鉄道や乗り物に興味がある子なのか確認してくれ」

「了解」

すぐに、田園調布の母親と電話がつながった。写真の男女は見たことがない。息子は父親の影響で車と飛行機が好きだが、鉄道には関心がないという。

「電車は通学のときだけ、バスには乗ったこともないのなら、乗り換えもこの男女の言うとおりに動く可能性がありますね」

藤江が太田と話しているそのとき、誘拐犯の男女のアップ写真が届いた。

「これ、日本人かな……どう思います？」

藤江の指が女の方をさしている。

「そうですね……、断定はできませんが、東南アジア系のような感じもしますね」

「指輪の数と種類もすごい……それもルビーとエメラルドが……垢抜けないデザインだ。すみませんが、この指輪をアップにして、銀座のヨツモトで聞き込みをしていただけないでしょうか」

藤江が太田に頼んだ。

「了解です。しかし、室長、いろんなところによく気が付きますね」

「女性は髪型、服装、その色合い、歩き方、持ち物、そして顔立ちで……何となく判るもんですよ」

「ほほう。室長の勘で言うと、この女はどこの女ですか?」

「そうですねえ、タイあたりかな……」

「ほう、タイですか? 私はタイ人には会ったことありません」

在韓日本大使館勤務の三年間、わずかなオフタイムをバンコクで過ごすこともあった藤江は、タイの文化や社会についても多少の知識がある。

「そうですか。最近、政情が安定しませんが、タイはいい国ですよ。日本とも深い繋がりがあります。タイ料理も美味い。今年のような異常な暑さのときには自然に体が欲してしまいます。韓国料理より、日本人に合っているかも知れません」

そのとき、早送りのモニターを見ていた捜査員が告げた。

「やはり、都営浅草線です。出口はJRの田町駅方向。いや、出口には向かいません。あっ、電車が来ました、京浜急行直通の羽田空港行きです。乗ります。乗りました」

「参ったな、羽田方面へのデータがない。都営地下鉄浅草線と京浜急行に、被害者のパスモの退出データの照会を行ってくれ。至急だ」

太田主任の額からまたもや汗が吹き出してきた。

だが、藤江室長は焦らない。最善がダメなら次善に切り替える。それが彼のやり方だ。音声分析担当者に落ち着いた口調で依頼した。

「もう一度昨日の身代金要求電話の音声分析結果を確認してみよう。あのバックの雑音をクリアにしてください」

担当者は音声を特定して、機械を作動し始めた。

「なにか演説のようなんですが……」

「もう少しクリアにできますか？　そう、もう少し……はい、今の感じでもう一度最初から、はい、それで」

……政権はブッシュ政権が……とわかると、今度は中国への尻尾振り、こんなことでは
……や……申し訳が立たない……嘘つき……

藤江は音声分析を行っていた捜査員に訊いた。

「これって、右翼ですか？」

「そんな感じですね」
「昨日のこの時間に街宣をやっていた右翼を公三《こうさん》に確認し、そのセクトと場所を特定してください。至急です。ついでに、その街宣の録音があったら、それも借りてきてください」

公三というのは警視庁公安部公安第三課の略称だ。右翼対策をその主たる分掌事務としているセクションである。ある程度の規模の右翼団体は、必ず公三の担当班が追尾して、彼らが不法行為を起こさないように監視している。

右翼団体は「こちらは政治結社○○塾の街頭宣伝カーです」などと名乗りながら街中を流している。車で移動しながら、あるいは一定の場所で演説を行う場合でも、管轄の警察署に道路使用の届けを出さなければならない。これを怠ると、ただちに法律違反となるため、いかなる政治団体も最低限、この手続きは怠らない。そして、右翼団体のような違法行為を行う可能性があるものに関しては、届け出の受付をした交通係から公安係に即報され、公安係はこれを警視庁公安部公安第三課に即報することになっている。

ほどなくして、捜査員が声をあげた。

「室長、パスモ出ました！　羽田空港です。京急の羽田空港駅、第一ターミナル側出口！」

間違いない。まだ三人で行動している。

「ようし、東京空港警察署の署長に電話して、僕に回してくれ。あそこは公安畑だろう」

パスモの退出データによって、午前八時三十六分に被害者の下車記録が認められた。

室内のインターフォンから至急報が流れた。

「室員全員に連絡、羽田空港にシフトを変える。全ての解析を一旦中断。空港からのデータ分析準備の態勢をとって待機願いたい。以上管理官」

羽田空港内には監視カメラが網羅されている。すべてのカメラ位置と撮影方向を確認しておく必要がある。防犯カメラの分析班が敏速に作業を開始した。

五分後、

「室長、空港署長につながりました」

東京空港警察署は警視庁の南、東京都大田区の南にある羽田空港に隣接している。

「四一二六三に回してください」

藤江は指揮所の自分の手前にある電話機の番号を伝えた。

「どうも、ご無沙汰しております。捜一の藤江です。ちょうど、朝の訓授の時間帯かとは思いましたが、無理を申しまして」

「これは、おはようございます。今、講堂なのですが、場所を変えた方がよろしいでしょうか」

「いいえ、復唱なさらなければ、その場で結構です」


警視庁の警察署地域課は四部制を取っている。第一日勤、第二日勤、当番、非番でローテーションを繰り返すのだ。一方、刑事や公安などの私服部門は六部制で、六日に一回の当番となる。

地域課の第一日勤の朝、就勤前に必ず署長が署員に指示を出す。これが「訓授」と呼ばれるもので、警視庁本部からの指示内容を署長自らが確実に伝達することが定められている。

警察署長は所属する警察署管内の公舎に居住しており、出勤するとまず、宿直責任者から前日の退庁から現時点までの取り扱い報告を受ける。署長の一日はこれに確認の決裁をすることから始まる。決裁が終了すると警務担当の課長もしくは課長代理がその日の訓授内容を持ってくる。署長はこれを自らが理解した上で、嚙み砕いて署員に伝達しなければならない。

「昨日の朝、羽田空港で、誘拐事件の容疑者と被害者が行動を共にした形跡がありま す。これに関して、空港署の中で空港ビルと密接に連絡ができる方に、直ちに捜査に協力願いたいのです。部署は問いません。極秘事項です」

「は、はい。それでは五分以内に本人から連絡をさせます。連絡先はどちらに?」

「はい、警電四一二〇〇でお願いいたします」

「わかりました。秘匿で作業いたします」

「よろしくお願いします」

やはり公安出身の署長だけあって「作業」という台詞を当然のように用いた。

もともと東京空港警察署長というポストは、公安部のなかでも優秀で臨機応変な対応ができる者が当てられている。日本の玄関口と言われる成田国際空港ができても、天皇陛下や各国要人が首都東京に出入りする際には必ず羽田が用いられる。またチャーター便の多くも羽田が拠点となっており、国際テロ組織の出入り口でもあった。現に、報道はされていないものの、今年のサミット前に国際テロの重要参考人が羽田で確保されている。

五分も経たないうちに、室長の卓上電話が鳴った。

「はい、藤江です」

「私、空港署の公安第一係長で秋本《あきもと》と申します。署長から特命を受けまして、お電話差し上げました」

「どうも、急な話で申し訳ない。実は現在、都内で誘拐事件が発生しています。その被害者と容疑者が昨日の朝、発生直後に京急羽田空港駅の第一ターミナル側改札を出た形跡があります。京急の監視カメラなどはこちらで手配しましたが、空港ビルの監視カメラを確認したいのです。第一ターミナルと第二ターミナルの警備担当は会社が違いますから、それぞれの会社にはこちらから了解をとります。捜査員を回しますので、合流して捜査に加わって頂きたいのですが……」

「判りました。私の捜査管理システムのアクセスナンバーをお伝えいたしますので、そちらに詳細を送信願えますか」

「よろしく願います。こちらからは杉本《すぎもと》警部補以下三人を派遣いたします」

電話を終えると、事件第一担当管理官が藤江に言った。

「室長、第一ターミナルと第二ターミナルの警備担当は会社が違うことをよくご存じでしたね」

「ああ、日本の空港警備は羽田を境に東西二つに別れていたのですが、羽田に第二ターミナルができたことで、第一ターミナルと第二ターミナルで二分することになったんですよ。第一から沖縄までは福岡市にある警備会社、第二から北海道までは都内の会社が受け持っているんです」

管理官は藤江の知識に感心しながら話を聞いている。

「ほほう、それは私どものような下々の者には判らないことです。それにしても、よくそれだけの情報が、インデックスの付いた引き出しのようにスルスル出てくるものですね」

「まあ、僕は現場一筋ですから……」

「改めて、今回はいい仕事をさせていただいていると思います」

「いや、犯人を挙げて、事件を解決するのが肝心です。過程は関係ない」

「はい、しかし、私も何度か誘拐事件捜査に携わりましたが、こんなに迅速な捜査手順は初めてで……」

「これは、科学捜査の進歩によるものです。これからホシとの戦いになれば、あなたたち管理官が持つ技術に私が唖然とさせられるでしょう」

この事件第一担当管理官はこれまでに捜査第一課と捜査第二課で重要事件を解決してきた経験をもつ。被疑者取調官としては一級の人材なのである。

○九：○○

朝一番に出勤した突発担当の杉本功《いさお》警部補は、藤江室長の指揮下で行われている作業を見学しながら、事件概要を把握し、どの段階で自分の出番が回ってくるかと期待とともに待っていた。課長直々の推薦で特別捜査室に加わったこの男はいま、ホシの逮捕現場のシミュレーションに余念がなかった。

身代金目的の誘拐事件は、受け渡しのタイミングが最も重大な問題だ。

二億円もの現金となると、車両利用と考えるのが普通だ。プロなら盗難自動車を使うだろう。高速道路は避け、Nシステム（自動車ナンバー自動読み取り装置）が設置されていない道を使う。グリコ森永事件のときのように、こちらに高速道路を使わせて、犯人はその下で受け取りを狙う可能性もある。身代金の受け取り場所とその方法は、犯人にとっても最大のリスクポイントとなりうるのだから、敵も知恵を絞ってくる。

犯人に身代金を渡してからでないと、被害者の救出ができないのはもどかしい。だが、被害者の無事救出こそ、捜査の第一目的である。玄人顔負けの盗聴器マニアは珍しくないから、現金の入ったケースに下手に発信器を付けることは避けるべきだ。

コーヒー片手に事件指揮所で一連の作業を見ていた杉本警部補を藤江が呼んだ。

「杉さん、羽田に飛んでくれる？　屋上に航空隊のヘリが待機している。それで羽田空港第一ターミナルまで飛んで欲しいんだ。指示は随時連絡するから」

「了解。空港ターミナルの防犯カメラで拐取者と逃走方向の確認ですね」

「そのとおり」

藤江は、昨夜のうちに刑事部長の了解をとって地域部長経由で航空隊長からヘリ一機を借り受けていたのだった。

藤江は操縦士の他に最低三人が搭乗できる小型ヘリを要望した。航空隊の基地は江東区新木場の東京ヘリポート脇にあり、保有機は八機。その中の一機が午前九時までに警視庁本部屋上に出発待機の状態で用意されていた。

杉本班の三人は直ちに資機材をエレベーターで十八階まで搬送し、ヘリに飛び乗った。

紺色のツナギに白いヘルメットをかぶり、サングラスと強化プラスチック製のライナーをおろした操縦士は、鼻筋が通った爽やかな風貌の若い女性警察官だった。ヘリコプター操縦の場合、一機種一免許と言われている。彼女も、この機種にはかなり精通しているはずだ。

「行き先は羽田の第一ターミナルビルでよろしいですね」

ヘリに搭乗して、操縦士が指さしたヘッドフォンを付けたとたんに、彼女の声が流れてきた。

「はい、お願いします。所要時間は?」

その瞬間、ヘリは離陸し大きく右旋回すると、再びヘッドフォンから今度は英語が聞こえてきた。

「ハヤブサフォー　ジャスト　テイクスオフ　トワード　ハネダ」

普段パトカーなどで聞く出動報告とは違う、素人の杉本が聞いても流暢な英語の発音だった。あっという間に新橋上空を飛んでいた。

「すみません、羽田までは五分をみてください」

操縦席の多くのスイッチと操縦桿《そうじゅうかん》を巧みに動かす姿にこれまで接した女性警察官にはない新鮮な感じを杉本は受けた。

「五分？　早《は》っやー！」

杉本自身、これが初めてのヘリ体験だ。ローターを動かすエンジン音はうるさいが、景色を見ている暇がないほど速い。東京タワー脇をすり抜け、羽田に向けて最短コースを飛んでいるのがわかる。

五分後に「はやぶさ四号」は羽田空港の第一ターミナル屋上のヘリポートに着陸した。空港警察の秋本係長が両耳を手で押さえながら、資機材を運ぶ台車を準備して出迎えてくれた。

杉本班は直ちにターミナル内の監視センターに向かった。監視センターには、警備会社と東京空港警察の双方から、すべて杉本班の指示に従うようにとの命令と協力願いが出されている。

モニタールームに資機材をセットし終えると、杉本は昨日午前八時からの、すべての監視カメラの撮影データの提出を求めた。

撮影データは大型サーバーに保存されている。設置カメラの台数だけでも半端ではない。建物全体の見取り図を見ながらの作業である。

警備会社は、捜査員に四台のモニターを提供してくれた。このモニター画像がそのまま、杉本の持ち込んだ小型サーバーに送られる。さっそく分析作業が始まった。

「まず、京急の改札口直近のカメラから見てみようか。時間は八時三十六分からだ」

「はい、百十号カメラになります」

「最初から一一〇番とは縁起がいいな」

杉本警部補が陽気に言った。

「おおっ、これだな」

モニターの一つにエスコートするビジネスマン風の男と、学芸院の制服制帽を身につけた男の子、その子の右手を握ったライトブルーのワンピースを着た若い女が現れた。時間は八時三十八分だ。

「よし、これを追いかけるよ。次のカメラは?」

「百十一号です」

「よく映ってるなあ。このままだと第一ターミナルビルに入るな。なんだか仲のいい親子というよりも……男は父親に見えないこともないが、女はお手伝いさんって感じだな。次は?」

「百十四号です」

「この先はエスカレーターかエレベーターだな」

見取り図を参照しながら杉本が言った。

「出発カウンターのある三階直行エスカレーターに乗ります」

「三階のカメラは?」

「二十五号です」

「三階まで来た。次は……」

「二十号ですが、この監視カメラは首振りですね……出てきませんね」

監視カメラには固定式と首振り式の二種類がある。一瞬を争うときに、首振りは役に立たないことがある。首振り式では対象が動く方向によっては、カメラの視界から離れる時間が長くなってしまうからだ。

「こっちのカメラには写ってないか」

建物内の見取り図を杉本が捜査員に指し示す。

「十八号ですね……これも首振りですね……ああ、ここにいますよ。外方向に歩いています」

「よしよし、これは外に出るな。外部カメラに切り替えて」

「はい。その位置だと外六号ですね」

「うん、出てきたな。子どもがなにか男に言ってる」

父親の会社の秘書のような立場を装っているのか、男は跪くような姿勢で、子どもに視線を合わせている。

「女が携帯電話で話しているな。なんだかこの女、身振り手振りが大きすぎないか？」

「そうですね、可愛い顔はしてるんですが、日本人じゃないのかな？」

杉本の疑問にもうひとりの捜査員が答えた。

「係長、公安の感覚ではどうですか？」

杉本はそばに付き添う空港警察署の秋本係長にも訊いてみた。秋本は公安担当である。

「うーん、結構貴金属を身に付けてますよね……服装はそんなに垢抜けていない。指輪が多いですね。日本人じゃない感じです。しかし、男の子とも話しながら来たわけだから、日本語を話していたのでしょう？」

ふと杉本は思いついた。

「あれ？あの子バイリンガルなんてことないよな……一応確認してみよう」

「ですね。外国人の不法入国じゃ、被疑者の特定もできませんし、確保しても、東南アジアの言葉で押し通されたら、通訳を付けるのも大変ですからね……」

最近の外国人犯罪では、被疑者が突然「日本語がわからないから通訳を付けろ」と言い出す傾向にある。警視庁にも特殊言語の通訳はそう人数がいるわけではなく、彼らはそれを知ってか、さらに解りにくい方言をわざと使って大事な部分を誤魔化そうとするのだ。

そのとき、監視カメラモニターに動きがあった。秋本が杉本に叫ぶ。

「キャップ、車が来ました！　ナンバーに偏光プレートを付けてます。読み取ることができません」

確かに白いワゴン車が横付けされ、子どもを乗せようとしている。子どもはこれに応じない。なんらかの危険を察知したのだろう。しかし泣き出す様子はない。車種はトヨタのハイラックス最新型だ。カメラは運転手の男の顔をとらえている。

「しっかりした子だな。この場面、ナンバープレートをアップにしてＤＡＩＳをかけてみてくれる？」

「ＤＡＩＳ（Digital Assisted Investigation System）」とは捜査支援用画像解析システムだ。捜一の旧資機材開発チームが民間と協力して開発した。これを使えば、オービス等のカメラでは写し出せない偏光プレートも逆偏光をかけることによって読み取ることができるのだ。

「了解……えーと……ナンバー『品川』二文字、数字の『＊＊＊』、ワラビの『わ』、数字の『＊＊－＊＊』。レンタカーですね」

「よし、至急このナンバーのレンタル確認と、Nシステム登録を手配して。連中がどこに向かうのかを突き止めなくてはならない。それからマル運の顔を押さえてデータ送信してくれる？」

「了解。ああ、子どもは乗せられましたね。男が同乗で、女は残されました。時間は午前八時四十八分三十秒です」

「よし、女の出まで確認して、一旦引き上げよう」

京急の改札口に設置された監視カメラの画像と情報センターの回答から、男女ともJR東日本が発行している、電磁的記録式カードのスイカを利用していることが判明した。

しかし、両者が使用しているスイカは個人登録がされていないものだった。

○九：四五

杉本班が空港ターミナルからリアルタイムで送ってくる分析データを指揮所で見終えた藤江は、一旦磨りガラスで囲まれた自室に戻った。情報分析担当係長の大谷久美子も一緒だ。藤江は久美子を応接ソファーに座らせ、自らコーヒーを淹れて久美子にすすめた。自分のカップにもコーヒーを注ぎ、応接テーブルを挟んで久美子に向き合うかたちで座る。

「しかし、なんのために彼らはわざわざ羽田まで行ったんだろう」

「目立たないところから車に乗せたかったとか……旅行を装ったとか……」

ソファーに腰を降ろした久美子の、短めのスカートから伸びた見事な脚線美を眺めながら、藤江は考えていた。彼女の脚はきちんと揃えられている。

「うーん。何か予定外のことが起こったのか……わからないなあ」

「悠斗君を乗せた車がどこに向かったかですが、都内に戻っていれば捜査はやり易くなりますね」

「それはそうなんだが、向こうも都内で被害者を匿うのは難しいはずだ」

久美子がゆっくり脚を組むのを見ながら、藤江はぽつりと言った。

「見えてこないなあ……」

「そうですね、事件の全貌はまだまだ見えません」

久美子が長い脚をほどき、生真面目な顔をして藤江のほうに身を乗り出してきた。

「いや、何、その、全貌が見えてからでは遅い。誘拐事件は一週間が勝負なんだよ」

「たった一週間で解決するんですか？」

「被害者の安全が確保されている時間の目安からいくとだ。特別捜査室全員がそのつもりになってくれるように指示を出しておかなければならない」

「今から私もそのつもりでいます」

久美子はカップのコーヒーを一気に空けると、すっくと立ち上がった。ぴちっと着込んだスーツの締ったウエストの線、突き出た胸にどきっとさせられる。藤江も立ち上がり、右手を差し出した。

「一緒に闘いましょう」

久美子は脇に回ってきて藤江の右手を両手で包むようにした。

「はい。一週間で事件が解決したら、室長も私も、少しはゆとりのある日々を過ごせますね」

なんという割り切りのいい娘だろう。

とにかく一週間だ。一週間以内に決着をつけなくては――彼女の小さな手のやわらかさが藤江の右手に残された。


捜査というものは百のうち、九十九が無駄足で、残りの一が活かされるものだ。

我々は少し犯人に近づいた――そう藤江が考えているとき、デスクの電話が鳴った。午前九時四十五分だった。

外部からの直接電話は取り次がないよう交換には連絡してあるが、ナンバーディスプレーを確認すると発信元の固有名詞ではなく、内線番号の数字のみが表示されていた。警視庁本部内の、警察官以外の者が使用するナンバーである。

「はい、藤江です」

「お忙しいところ申し訳ありません。私、ジャパンテレビ報道局長の加藤正一郎と申します」

「報道局長でいらっしゃいますか？」

記者やデスクならばともかく、局長クラス、それも報道局長から電話が入ることが不思議だった。

「はい、以前は社会部長もやっておりました関係で、警察とは長いお付き合いをさせて頂いております」

「それはお世話になります。ところで私に何用でしょうか？」

「実は、今、大きな事件を捜査されていらっしゃると思うのですが……」

なんのことを言っているのか。まさか誘拐事件が外部に漏れているとは藤江も思わなかった。

「事件は当然捜査しておりますが、それが何か？」

「室長、こちらではすでに情報を得ているんですよ。誘拐事件の」

こいつの情報源は敵か味方か――背中に冷たいものが走ったが、瞬時に平静に戻って藤江は応対した。

「失礼ですが、何の話をなさっているのでしょう。取材の制限はいたしませんが、私にそういう質問をされても、事案が何であれ、お答えすることはできません」

「う～ん。そう言われるとは思っていたんですが、まあわかりました。しかし、今後、我々が報道協定を発動した場合に、ある程度優先的な情報の開示をお願いできれば……というところもお含み置きください」

「まあ、何のことをおっしゃっているのかよくわかりませんが、参考にいたしましょう」

報道協定はマスコミが自主的に行う行為であって、警察サイドから申し入れるものではない。しかしこれに関しては通常、刑事部長が対応するのが慣例になっている。藤江は捜一課長に連絡したうえで、刑事部長に状況報告を行った。

大石刑事部長は当然ながら激怒した。

「内通者を暴け！」

こんな短時間で捜査情報が漏れるはずがない。誰かが意図的に流したものとしか考えられないのだ。

藤江は公安部の倉田剛士巡査部長に電話を入れた。倉田とは、四月に人選のことで相談に乗ってもらって以来、情報交換もかねて毎月一回は一緒に食事をしている。

「倉田先輩、ちょっと折り入ってご相談があるのですが」

「いいよ。どこかに出かける？」

「そうですね、あまり遠くないところでこっそり話したいんですが」

「あ、そう。じゃあね、厚労省の上の喫茶室は？」

「いいですね。これからよろしいですか」

「ああ、いいよ。じゃあ十五分後に現場で」

厚労省と環境省が入った合同庁舎ビルの最上階にある喫茶店は、眼前に日比谷公園と皇居外苑の緑を見渡すことができる、霞が関の中でも最も見晴らしのいい場所だ。今年は猛暑ながらときおりゲリラ豪雨があり、その影響か、例年より緑は濃く鮮やかに映えている。

倉田は約束の時間どおりに現れた。ダブルのサイドベンツのスーツ姿で、大会社の役員のような雰囲気である。合同庁舎の喫茶室にはそぐわないのだが、本人はそれを全く気にしている様子はない。

頼んだコーヒーには口を付けず、藤江は単刀直入に切り出した。

「マスコミ関係なんですが、ジャパンテレビ報道局長の加藤正一郎って人、ご存じですか?」

「ジャパンテレビは何人か知ってるけど、報道局長は知らないな。聞けばわかるけど……」

「内々に聞いていただくことってできますか?」

藤江は倉田の顔を覗き込むような仕草で尋ねた。

「ああ、いいよ。どのへんまで調べればいいの?」

「警視庁内のパイプとか、特に捜一方面もしくはトップクラスの……」

「いいけど、報道局長なら、各部長級以上は放談会なんかで付き合いはあるんじゃないの？　あの局は女子アナ攻勢で警察幹部を籠絡《ろうらく》してるって噂だし、最近は若くて可愛い女性記者ばかりを記者クラブに置いてる。一時期『喜び組』なんて言われていたからなあ」

倉田が笑いながら言い、藤江もうなずきながら答える。

「確かに、今の一課担も可愛い子ですよ。ですからマスコミ取材は公舎の場合、玄関外で応対することにしています」

「まあ、それが肝心だね。ところで、なにか抜かれたの？　まさか、女性記者に肝心なものを抜かれたんじゃないだろうな」

前妻との結婚で仲人的立場になってくれた倉田に藤江は頭が上がらない。藤江は気まずそうな照れ笑いをして見せた。

「参ったなあ。抜かれたのはそんなんじゃないですよ。この加藤報道局長について特にこの二日間のことを知りたいんです」

「ふ～ん、わかった。至急なんでしょ？」

「ASAPですね」

「懐かしい用語使うね。すぐに調べましょう」

ASAP——以前、外事警察でよく使われた言葉で「AS SOON AS POSSIBLE」。できるだけ早く、の意味である。急ぎのときは「ASAP NOW」と言われたものだった。

「すぐやれ」か——倉田はアイスコーヒーを一息に飲んで、藤江と別れた。

倉田は公安部の遊軍的立場にある。当然警察庁内の一部にも情報網をもち、なかでも「チヨダ」と呼ばれる警察庁警備局警備企画課の裏・理事官ルートでは、理事官と直に携帯電話でやりとりをすることもできた。

チヨダはかつて「サクラ」、「チヨダ」、「ゼロ」と呼び名が変わったが、現在の警備企画課長が着任してすぐに、その呼称を元の「チヨダ」に戻していた。その課長がチヨダの理事官出身だったからだ。

公安部の遊軍ほど情報が求められる世界はない。革命を志す各セクトから、マスコミ、宗教、暴力団に至るまで、ありとあらゆる人間と接点をもっていなければならない。藤江が出会ったころからその才能は遺憾なく発揮されていたが、階級は高くなくとも倉田巡査部長は、今や公安部のトップから「警察の宝」と呼ばれるほどの存在になっていた。

マスコミ各社の人事部とのコネクションも倉田の強みである。不思議な関係をもっているのだ。どういうルートで切り開いたのかは本人のみが知るところだが、テレビ、ラジオ、新聞、出版各社に巧く食い込んでいる。

警視庁本部十四階のデスクに戻ると、倉田はさっそくジャパンテレビの人事部長に電話をかけた。

「どうもデブ剛《たけ》です」

「あ、倉田さん、お久しぶりです。お元気でいらっしゃいますか」

「相変わらず飲んでますよ」

「今日は、何か……またうちの記者が粗相でもいたしましたでしょうか？」

「いやいや、そんなんじゃないんだけど、御社の報道局長ってどんな人かな……と思って」

「報道局長の加藤正一郎ですか？」

「そうそう。警察には強いの？」

「そうですね、社会部長の経験もありますし、外信部にも長くいましたから。警察さんとは結構パイプがあると思います」

「そう……で、評判はどう？」

「まあ、一言で言いますと豪放磊落というところでしょうか」

「というと、業界内では遊び人ってこと？」

「まあ、そう言ってやっかむ者も多いかと思いますが、仕事はできますよ。オウム事件のときは彼の一人舞台でしたから」

「ああ、あの加藤か。あいつが報道局長やってんの」

「はい。いろいろありまして」

オウム事件当時、捜査員が秘匿で捜索に行くと、必ずそこにジャパンテレビのカメラがあった時期があった。そのときの理事官が当時社会部長だった加藤に毎日のように誘われては情報を漏らしていたのだった。あるときなど、課員の面前で電話して、「ああ、加藤さん、ごめん、明日、朝が早くなったんで、今夜は勘弁してください。え、そうそう。またガサなんですよ。え？　綾瀬ですよ」

と言う始末で、翌朝現場にはやはりジャパンテレビのカメラがあった。その報告を受けた当の理事官は、

「誰が漏らしてるんだ！」

と大声を出したが、それを聞いて周囲が爆笑するものだから、余計に怒っていたという。

「ところで、加藤報道局長って海外はどこが長かったんだっけ」

「加藤はタイ一筋です。いまだにそうですが」

「タイか……タイには何年から何年まで行ってたんですか？」

人事担当者はデスクの人事記録にアクセスしている様子で、コンピューターのキーボードを気ぜわしく叩く音が聞こえる。

「ちょっと待ってください。えーっと、外信部の駐在は平成十一年から十五年までの四年間ですね」

「助かります。ちなみに、今、彼が使ってる携帯番号ってわかる？」

「今現在のかどうかわかりませんが、プライベートは〇九〇－九三一四－＊＊＊＊で、業務用は〇九〇－二四四七－＊＊＊＊です」

「ありがとうございます。助かります」

「また、何かありましたらご連絡ください」

倉田は早速、この二つの携帯電話番号の契約者を確認すると、「プライベート」と言われたほうは加藤本人で、「業務用」はやはりジャパンテレビだった。早速、業務用にかけてみる。

「はい、加藤です」

本人らしい。

「すいません。報道局長にかけてしまいました?」

「そうだけど、どなた?」

「すいません。編成局長にかけたつもりでした。こちら秘書課で」

「あ、そう」

電話は切れた。プライベートのほうには十分後に女性警察官の個人携帯から番号通知でかけてもらった。やはり本人らしき人物が出た。

そこでこの二つの携帯電話の発着信記録を、この三日間に限定して調査してみた。さすがにマスコミ関係者だけあって、三日間の総通話回数が二台で百件近かった。

このうち、同じ番号の相手との通話を一件と見なすと、総件数は四十四件に絞られた。この四十四件の契約者照会を行ったところ、三人の警察関係者が浮かび上がった。警視庁広報課長の公用携帯、警察庁刑事局捜査第一課長、内閣官房内閣参事官。皆キャリアだ。

このうち、複数通話があるのは最後の内閣参事官・大前哲哉で、藤江康央《やすひろ》の同期である。またこの大前は平成十二年から十四年までの二年間、在タイ国日本大使館に勤務していることがわかった。おまけに兵庫県人会のメンバーだ。

藤江が倉田巡査部長への頼みごとからデスクに戻ると、空港ターミナルに行っていた杉本が戻っていた。

「室長、ヘリには初めて乗りましたが、刑事部にも一機ぐらいあってもいいですよね。羽田まで五分ですよ。五分！」

いまだ興奮冷めやらぬ様子で一気にしゃべった。

「まあね。しかし、保守管理が大変なうえ、操縦士を養成しなければならないしね。あるものを上手く使うほうがいいよ。ところで、さすがというか、見事な解析だったね」

藤江は杉本班の仕事ぶりを褒め讃えた。

「いや、空港署の秋本係長のおかげですよ。公安というのはどうしてあそこまで人をたらし込むというか、協力者にしてしまうんですかね。警備会社の責任者なんかを自分の部下以上に使うんですよ」

「でも、相手方も喜んでいたでしょう？」

「そうなんですよ。こちらもちょっとサービスしてきましたけどね」

「サービス？」

「はい、捜査を目の前で披露してやりましたから、我々の後ろでは驚嘆の声が何度もあがっていましたよ。少し照れましたがね。それよりも、レンタカーの契約者が判りました。こいつはパンピーなんですが、サラ金から逃げてますね」

「ほう？　多重債務者ってことですか。もう、そこまで調べてるんですか」

さすがに捜査一課長が直々に送り込んでくれた取り調べのプロのやることは速い。

「はい。ということは、どこかのヤクザもんのパシリやらされている可能性もありますね。案外マル般かもしれませんが。まだ、車を返却していないので、乗り捨て場所から一一〇番通報するように連絡してあります。Nの分析では三ヵ所でヒットしました」

「最後のヒットは？」

「はい、九段南三丁目靖国通り下りで午前九時五十三分にヒットです。高速は使っていません」

警察官は多くの隠語や略語を用いる。警察官でない一般人を一般ピープルと呼び、これを略して「パンピー」。使い走りをする者を「パシリ」。特に多いのが頭にマルを付けて、被疑者を「マル被」、被害者を「マル害」、一般協力者を「マル般」などと呼んでいる。「N」はNシステムのことを示す。

「わかった。このナンバーをＤＢにかけてみてください」

「了解です」

「ＤＢ」とは「データベースマップシステム」だ。

今でこそグーグルマップが盛んに活用されているが、ＤＢはそれより以前から稼動している。衛星写真を基本にした詳細画像とゼンリン地図、これにＮＴＴの電話番号、監視カメラ設置地点、その他の情報をリンクさせたもので、犯罪捜査支援の切り札的な捜査資機材となっている。

「杉さん、悪いけど、レンタカーの契約者の身柄を取ってもらえますか。強力な任意同行でお願いします」

「了解です。そろそろ昼ですね。犯人から電話入りますかね」

「我々との第一回コンタクトだ。必ず来ますよ」

第六章　追尾

八月五日　一二：〇〇

午前中には犯人からの要求電話はなかった。

日美商会、専務秘書・青木のデスクに交換を通して電話が入ったのは正午の時報と同時だった。

青木は朝、出勤と同時に重田孝蔵から、重大な事件が発生したため警察が専務室に詰めていることを知らされた。社内の各部署には朝一番で社内メールによって「当分の間、専務への連絡決裁は筆頭常務が執り行うこと。本件は社外秘とする」などの指示が出されていた。但し、電話交換業務については、本日中のみ専務室への電話は発信者を確認した上で回線を回すようにとのことである。

「専務、学芸院の教務課の方からお電話です」

電話を保留にして知らせる青木のほうに、秘書室に詰めていた米澤管理官は準備完了の合図を送った。この電話は警察無線を通じて田園調布の自宅と警視庁本部の分析センターにも同時に送られる。犯人への受け答えの仕方は予め米澤と孝蔵の間で打ち合わせ済みである。

「お待たせいたしました。重田でございます」

「昨日は眠れましたかな、専務さん」

「眠れるわけがないじゃないですか、悠斗は無事なんですね？」

「元気にご飯も食べてますよ」

「声を聞かせてください。それがすべての交渉のスタートだ」

「専務、主導権はこちらが握っている。あなたの指示に従う気はない」

「わかった。しかし、息子を誘拐している以上、声を、今の声を聞かせてくれ」

「よし、聞かせてやろう。おい、連れて来い……。話せ」

電話口の向こうで、数人の声がした。

「おとうさま、悠斗です、早く助けてください」

間違いなく、それは悠斗の声だった。無理矢理電話口に連れて来られたのか、少し声が震えている。

「悠斗、悠斗、わかったすぐに助けてやる。怪我はしていないか？」

「……どうですかな」

再び犯人の声に替わった。会話を聞きながら、米澤はスケッチブックにマジックペンで台詞を示している。

「待ってくれ、もう少し悠斗と話をさせてくれ」

「それはもういいだろう。元気な声が聞こえたはずだ。それよりも金の準備はできたのだろうな」

「待ってくれ、あの時間から使用済みの現金二億円を用意できるはずがない。銀行には頭取を通して無理して用意してもらっているが、まだ届いていないんだ」

「それは約束が違うな」

「会社の金を流用するわけにはいかない。ここは個人商店ではないんだ。私の資産からなんとかお願いして用意をしてもらっている。無理なことは言わないでくれ」

「無理な話をしているつもりはない。いつまでに用意できるんだ？」

「今日中、いや、今日、銀行が閉まるまでにはなんとかする」

「よし、では三時間待とう。午後三時までに用意しろ」

そこで犯人は一方的に電話を切った。一分強の通話時間だった。一旦国際電話に転送されていたが、逆探知結果では都内の豊島、文京、北、中央、港、千代田、目黒のいずれかの区内であることまでは判明した。

電話が切れたあと、孝蔵はしばらく呆然としていた。

「これからどうすればいいのでしょう？」

そう口にするのがやっとだった。米澤はその気持ちを察し、ゆっくりとうなずきながら訊いた。

「もう一度、聞いてみましょう。あの声はご子息に間違いありませんか？」

「あまりに短すぎて……ただ、イントネーションから息子の悠斗に間違いないと思います」

捜査員が会話を再生しながら、悠斗の話した部分を何度か聞いた。

――よし、聞かせてやろう。おい、連れて来い……。話せ。……おとうさま、悠斗です、早く助けてください。

「もう一度、この部分を。それから分析センターに分析結果の確認をしてくれ」

再び同じ声がスピーカーを通して流れて来た。

「録音ではなさそうな感じだな。専務、本当に間違いありませんか？」

「はい、間違いありません」

このとき、本部の分析センターから連絡が入った。

それによると、『おい、連れて来い』の音声のあとに遠くで『はあ』という別の男の声が入り、その次にまた別の声が『兄貴』と言っているのが聞こえ、何らかの動きを示す動作音がある。少年の『おとうさま、悠斗です、早く助けてください』の音声前後には録音機を操作する音声は入っていない。よって少年の声は肉声と思われる。バックに雑音が入っているが、これは現在解析中である。さらに微弱ながらハウリング音が認められ、向こう方も通話を受話器とは別のスピーカーで聞いているのがわかる。以上の結果から、発信現場には被害者を含めて最低四人いる——という。

人間の耳では聞き取ることができない音声も、機械は聞き逃さない。

「午後三時までに現金を揃えることはできるのですか？」

米澤管理官が孝蔵に訊いた。

「はい、犯人にも申しましたとおり、頭取に直接お願いしておりますので、なんとかなると思います」

「では、昨夜からの打ち合わせどおり、現金が準備できた段階で、ご自宅の電話を今後の交渉場所にするよう、犯人を説得してください。最悪、これを拒否されてしまった場合は第二の作戦を使います。現金は必ず車を使わなければ運搬できない量です。

ご自宅からだと、たとえ高速道路を使うとしても、それまでに十分な準備ができる。ここからだと、目の前が高速道路の入り口になるので、相手の思いどおりに動かなければならなくなるんです」

「なるほど、とにかく時間を稼ぐのですね」

「そのとおりです」

一二：三〇

音声の分析は本部の分析室でも、同時に行われていた。特別捜査室長の藤江康央《やすひろ》も一連の作業をそこで見ていた。

バックの雑音が何であるか。複数の容疑者の関与が認められるが、なかでも『兄貴』という台詞は、兄弟というよりもヤクザが絡む可能性が高い。

四人とおぼしき容疑者それぞれの声を声紋鑑定にかけた。

声紋も指紋とほぼ同様に、発声者の特定に効果を示すのだ。だが、いまのところ過去のものがデータベース化されて残っているわけではないので、照合資料はないに等しい。声紋も指紋同様に照合資料としての累積が検討された時期があったが、当時はまだ音声の解析技術も、膨大な容量の記憶媒体も存在していなかったので実現には至らなかった。

「相手の受話器は昨日の電話と同じですか?」

藤江が分析官に訊いた。

「はい。ハウリングの周波数が同じです。同じ場所からの発信と思われます」

「バックの雑音はどうですか」

「今日も雑音があります。何か賑やかな音ですね。祭りのような、学校のようなところで、イベントでもやっているのではないでしょうか」

分析官の言うとおり、騒々しい音が聞こえる。

「この音の分析をぜひお願いします」

「はい、少しお待ちください」

このとき、部屋に入ってきた公安第三課の警部から貴重な情報が寄せられた。昨日の犯人からの電話録音に入っていた右翼の街宣の場所が特定できたのだ。この右翼団体は東京都の「拡声機による暴騒音の規制に関する条例」違反の常習者であったため、公安第三課の他に機動隊の暴騒音対策車が追尾して、違法音量の測定も行っていたという。

「昨日、この街宣を行っていた右翼団体は政治結社照光塾《しょうこうじゅく》で、たまたま捜一さんの指定された時間帯に公三が音声録音を行っていました。テープもお持ちしましたが、場所は靖国神社近く、富士見の朝鮮総聯《そうれん》本部の近くで、機動隊が進行を阻止していました」

「まずテープを聴いてみましょうか」

藤江が警部をうながすと、さっそくカセットテープがデッキにセットされ、再生スイッチが入った。

……太田政権はブッシュ政権が拉致に関心がないとわかると、今度は中国への尻尾振り、こんなことでは拉致被害者や心配するご家族に申し訳が立たない。

こんな嘘つき北朝鮮にどうして甘い顔をしなければならない……

「なるほど、ではこちらの電話録音音声と重ねてみてください」

「了解」

――二つの音声がぴたりと一致した。

一同は顔を見合わせてうなずいた。公安第三課の警部が口を開いた。

「このときの街宣車からの音量はどのくらいだったのでしょう」

「八十五デシベルです」

藤江は納得した顔でうなずき、分析官に指示を出した。

「暴騒音の取締音量だな。きのうの風向き、温度を計算してDBにかけてみてもらえるかな」

「了解」

「ほう、これがDBってやつですか……写真と地図が出るんですね」

公安第三課の警部はこのシステムを初めて目にしたのだろう、モニター画面を興味深げに覗き込んでいる。

「はい、それに、皇居から半径五キロ以内でしたらビルの断面から、各フロアの使用者、電話番号まで出てきますよ」

「たいしたものですね」

公安第三課の警部は驚いた様子で、食い入るように画面を見つめている。

「例えば、このビルの住人も判るんですか?」

「ああ、これはかつての衆議院の九段議員宿舎ですから、全部わかりますよ」

「では、このマンションは?」

「お待ちください。これはハイネス九段マンション、十六階建てで、全室埋まっていますね。居住者は六十七世帯、六つの会社が入っています」

「すごいものですねえ。公安部ももっと活用しなきゃいけませんね」

「いえいえ、公安総務、公一、公二、外事はみんな使ってますよ」

「なんだ、うちだけですか、使ってないのは……」

日頃から右翼との接点を持つ公安第三課だが、ヒューミント情報（人間を媒介として収集される情報）を得ることを主眼としているため、科学捜査はあまり必要がないのかもしれない。

「右翼の背後にある暴力団関係の分析には役に立つと思いますよ」

藤江は警部にDBを売り込んだ。

「そうですね。早速、使い方の勉強をさせなきゃ……」

「今は事件捜査中ですので無理ですが、普段は捜査支援指導も行っていますから、どんどん申し込んでください」

「ありがとうございます。いや、本当に驚いた」

公安第三課の警部は貴重な資料を届けてくれたにもかかわらず、恐縮して帰って行った。

どんな社会にも「宝の持ち腐れ」はあるものだが、特に警察社会ではこの傾向が顕著だ。縦割り社会の弊害によるものだが、これも何とかしなければ――。藤江自身がかねてから考えていることだ。今回、石川総監の英断で捜査一課に自分が室長として采配を振れる特別捜査室ができたことで、これを解消する第一歩、試金石となれる。藤江はそれが実に嬉しかった。


十二時三十分に音声分析担当が駆けつけてきた。

「室長、昨日の分析ができました」

「どのあたりでしたか？」

「はい、九段北四丁目界隈ですね。靖国通りを越えてしまうと、音は聞こえませんから。当日のその時間帯は東からの風が吹いていて、周辺のビルの高さなどから計算すると、やはりこのあたりに絞られてくると思われます。それから、雑音の件ですが、やはり応援団の練習のような声ですね」

通常の捜査では辿り着くことができない、複数のシステムを組み合わせたこの分析結果を藤江は重要視した。

「このあたりだと、法政大学か……ちょっと大学に電話してみて。夏休み中だけど、応援団か何かが活動をやってるかどうか」

「了解」

「それから、このあたりの監視カメラをすべて分析してみてください。ん、ちょっと待って。朝鮮総聯付近か……最高の監視カメラがあったな」

　藤江の頭に何かが閃めいた。

「朝鮮総聯を視察しているところですか？」

「いやいや、もう少し広い範囲なんだけどね」

　そう言いながら、藤江は卓上の警察電話の電話帳をめくって電話をかけた。

「内閣官房の内閣衛星情報センターの次長席にお願いします」

　この藤江の言葉に、その場に居合わせた者は互いの顔を見合わせた。室長の発想に度肝を抜かれたようだ。

「ああ、岩瀬《いわせ》先輩、藤江でございます。実はご相談が……衛星写真で昨日と本日の東京都千代田区九段北四丁目付近の詳細データをこっそりお借りできないかと思いまして。大事件に発展する可能性があるのです。顔の認識までは必要ありませんが、車両が撮れていればありがたいと思います。宜しくお願いいたします」

　藤江は電話を切ると、眉毛を上げていたずらっぽく笑った。

「宇宙基本法は、まだ施行されてないから、今のうちに使うだけ使ってしまおう。もともと、内閣衛星情報センターの設置目的には『人工衛星の利用その他の手段により得られる画像情報の収集及び分析その他の調査に関する』って書いてあるんだ。『その他』を拡大解釈すればいいだけさ」

これを聞いていた管理官が驚いた顔をして訊いた。

「そういう利用の仕方があるんですか？　びっくりだなあ。しかし、日本の人工衛星の写真は白黒なのではないですか？」

「とんでもない。世界で最も優れた写真技術をもっているのは日本ですよ。パンクロマチックセンサーとマルチスペクトルセンサーという二つのセンサーを光学衛星とレーダー衛星で組み合わせて解析するわけですが、一口でセンサーと言ってもいろいろな種類があって。文字通りの千差万別ですよ」

真剣な顔つきで藤江は言ったが、管理官は感心と呆れが入り交じった顔をほころばせた。

「室長、それってダジャレですか？」

「はい。そのつもりでしたが、オヤジ入ってました？」

「……何でもよくご存じだと思いましてね」

「いえいえ、常に頭を回していないと、発想が出てこないんですよ」

藤江はゆっくり首を回しながら言った。これを見ていた管理官が笑いながら、

「それも、頭が回るって意味ですか？」

と尋ねると、藤江は真面目な顔で答えた。

「いえ、ちょっとした肩こりです」

これはジョークのつもりだったのだが、今度は反応がなかった。

「やっぱり、受けませんね」

藤江は苦笑した。部下の管理官があらたまった顔で訊いた。

「しかし、どうして、あの場所をカメラが撮っているんですか？」

「だって、内閣衛星情報センターの所在地は東京都新宿区市谷本村町九－十三ですから。すぐ近くでしょう」

「あれって、防衛省のなかにあるんですか？　てっきり首相官邸にあるものとばかり思っていました」

「自分の本拠地の動向は見ておきたいものなんですよ。いつ何が起こるかわからないですからね。日本の防衛の拠点ですよ。あとで、市ヶ谷まで車をお願いします」

一三：〇〇

午後一時に藤江のデスクの電話が鳴った。

「藤江さん、倉田です。先ほどの加藤報道局長の関係だけど」

「早速、ありがとうございます。何かわかりましたか？」

「うん、ちょっとね。それで、入庁同期の大前哲哉って奴、知ってますよね？」

「ええっ、大前……大前哲哉が加藤とどうつながるのですか？」

藤江は一瞬声が出なかった。確かに大前はこの誘拐事件を知っている。被害者の親族であり、今回の事件についての相談を受けているとの報告が入っていた。

「彼らはかなり親しい仲だと思う」

「どういう接点があるのですか？」

藤江は理解に苦しんだ。誘拐事件という親族の身に降りかかった災難を、いくら親しい関係といえども、マスコミに売ったりするだろうか……。

藤江の戸惑いを知らない倉田は続けた。

「まず、二人は東南アジアのタイ国で二年間重なっている。それに、昨日の夕方から夜中にかけて四回、加藤から大前に電話を入れてるね」

「昨日だけで四回ですか？」

「そう、みんな加藤から一方的にかけてるだけなんだけどね」

「わかりました、ありがとうございました。あ、先輩、申し訳ないのですが、その加藤と大前の通話監視をもう少しの期間、継続して調査できますでしょうか？」

「ああ、そうなると思って、もう手配してある。毎日、午後五時に報告がくるようにしてあるから、入ったら連絡するよ」

このあたりの先を読む能力がこの人の凄いところだ。藤江は倉田の協力に胸を打たれた。俺はいい先輩をもったものだとしみじみ思いながら礼を言った。

「なにもかもお見通しで、本当にありがとうございます」

「いいよ、気にしないで。またな」

倉田はそう言って電話を切った。

今回の漏洩が大前の線であることに間違いない。藤江は確信を抱いた。

捜一の情報管理システムを中心とする情報収集機能は、テキントとしては素晴らしいが、ヒューミント情報に関しては公安部にはかなわない。テキントとは技術を使って情報を取る手法で、監視カメラや盗聴器によるものを言い、ヒューミントとは人が直接対象者に会って話をして情報を得る手法を言う。非常に危険を伴う手法だ。

「倉田を知っていてよかった」と改めて感じた。

しかし、なぜ、大前は加藤に知らせる必要があったのだろう。携帯電話の発着信から考えて、大前から加藤に連絡したのではなかった……とすれば、大前に被害者の父親が相談の連絡をした、その場に加藤が同席していたのだろうか……。それにしても、どうして……。

——大前、なぜだ。

自分の部下やその他の関係者が、刑事部長から情報漏洩者として疑いの目で見られることは絶対にあってはならなかった。

大前は灘中学校から一緒の唯一の同期でありながら、ほとんどコンタクトがない。人の好き嫌いを顔に出す藤江ではないが、大前だけはどうもずっと苦手だった。大前自身も藤江の存在など歯牙にもかけていないだろう。

大前のことは他の同期の友人から何度か噂話を聞いたことがある。華麗なる一族の一員であり、将来は政治家に転身するらしいとのことで、同期や後輩とは一線を画しているようだった。ジャパンテレビの報道局長との関係がどうあれ、自分の部下やその他の罪もない仲間に嫌疑がかかるのは許せることではない。

一三：五五

藤江は杉本警部補を連れて市ヶ谷の防衛省に向かった。正門受付で通行証を受け取るのだが、この国は、日本を守るべき防衛省の出入り口ですら民間の警備会社にセキュリティーを委託している。

警察に関して言えば、警視庁本部は機動隊の隊員に守られている。費用対効果を考えれば、民間委託の方が格段に安くあがるのだろうが、日本警察の発祥地だけは自分たちの手で守ろうとする姿勢の現れなのだろう。

しかし、隣の庁舎内にある、全国警察の総元締めである警察庁は、合同庁舎とはいえ、民間の警備会社に任せているのが面白い。

通行証を受領した藤江と杉本は広い省内に入っていった。

A棟からE棟までの五つの建物の入り口にもそれぞれセキュリティーがあり、この部分は防衛省の職員によって守られている。

内閣衛星情報センターが入っている棟は、まさにハイテク機械の展示場の観がある。入り口では人と機械によるセキュリティーチェックが行われる。外部の者は、迎えの担当者が来ない限り入室できないことになっている。

藤江たちの迎えは、岩瀬次長の秘書である。

「次長秘書の植田《うえだ》です」

「お忙しいところ申し訳ありません。警視庁の藤江と申します」

「どうぞこちらへ」

次長にも個室が付いていた。次長と言っても管区局長を経験しており、道府県本部長も二回以上務めている。センター長は防衛省からの出向で、内閣衛星情報センターは内閣官房内閣情報調査室の指揮下に入っているのだ。

次長室に入ると懐かしい顔があった。書類に目を通していたのだろう。デスクから立ち上がり、岩瀬次長が満面の笑みで藤江と杉本を迎えてくれた。

「よう、藤江、久しぶりだな。警視庁捜査一課だって？　やり甲斐あるだろう」

経歴と功績からいうと警備局長になってもおかしくない岩瀬が、いまの職場で寂しい思いをしているのではないかと藤江はふと感じた。

「ご無沙汰致しております。この春からひょんな人事で着任しております」

「また、組織改革役か」

そう言いながら岩瀬は藤江をソファーに導いた。

「まあ、そんなところです。ところで、このたびは無理を申しまして……」

「いいんだよ。あるモノを使えばいいんだ。『神社のご神体を見せろ』と言ってるわけじゃない。捜査は司法じゃないからな。行政ならばどんな発想もできる」

こういう風に物事をスパッと言い切るところが岩瀬の人柄だ。

「先輩には、そう言って頂けると思っておりました」

「一応、特定地域の監視衛星がキャッチしたものならば、昨日と今日の四十八時間分の画像が入っている。分解能は六十センチメートル級だし、最近は分析技術もかなり向上しているから、これに、お前の得意な画像処理を加えれば人物判定もできるだろう」

日本は、地球を周回する情報収集衛星の他に、朝鮮半島を中心に極東ロシア、中国の一部を監視する監視衛星を保有している。

「助かります」

「しかし、お前も現場一筋だなあ。いつまでやるつもりだ」

岩瀬はそろそろ行政官として管理部門を勧めたいのだろう。藤江は肩をすくめて笑った。

「まだまだですよ。『羊たちの沈黙』のような本格的プロファイリングには、もう一歩です」

「ほう、プロファイリングもそこまで行ったのか。最後は人間の力だからな。ＦＢＩが懐かしいよ」

「はい。あの長期研修がなければ、今の私はありません。留学を後押ししてくださった先輩のお陰だと思っております」

岩瀬は自分自身も経験したＦＢＩ研修を懐かしく振り返りながらも、会計課長の経歴があるだけに、現実的な問題に話を移した。

「しかし、捜査一課に特別捜査室を創るのに、どこからその予算を持ってきたんだ？数十億ぐらいは軽くかかる話だろう？」

「はい。将来的にはそれくらいは必要かと思いますが、今回は、急遽、石川総監が警備局と刑事局を口説いてくれましたし、刑事部、総務部、それに内閣予算も回ってきたようです。都知事もその方面には理解がある方ですから……」

「まあ、内閣予算はこちらも当然そうだが、ＪＡＸＡ（独立行政法人・宇宙航空研究開発機構）にも回ってるくらいだからな。そうか、まあ、頑張ってくれ。またどこかチェックして欲しい場所があったら事前に伝えてくれ。今月末には、宇宙基本法が施行されてしまうからな」

「はい。ありがとうございます。しばらく連続するかもしれませんが、よろしくお願いいたします」

岩瀬は立ち上がり、深く頭を下げる藤江の肩をポンと叩いた。

「ああ、わかった。それよりも早くホシを挙げてくれ。お前が直に動くくらいだ。重要事件なんだろう」

岩瀬は自分の腕時計を見て通行証に退庁時間を記載し、印鑑を押してくれた。午後二時二十五分だった。


警視庁本部に戻ると、直ちに画像の解析に入った。画像処理技術は藤江の得意な分野なのだ。室長自らパソコンを操作する。

「では、いきますよ」

藤江がキーボードを叩くと大型ディスプレーに衛星写真が現れた。グーグルマップの衛星画像をさらに拡大、高画質にしたようだ。これが宇宙から撮られたものかと思われるほど、個々の建物や車両、人間までもが識別できる精度で、ほとんどの者が初めて見る画像だった。

「いやはや、スパイ映画さながらだ。凄いものですね」

管理官も驚いていた。その様子を見て、藤江が言った。

「この画像の精度をさらに上げて解析するんです。その機械がここにあるなんて、内閣官房も知らないでしょう。何と言っても、一台数億の機械ですからね」

画像処理担当分析官が藤江の指導を受けながら作業を始めた。そのとき、音声分析担当者が声をかけてきた。

「室長、先ほどの雑音ですが、やはり法政大学に間違いありません。その結果、電話の発信場所がかなり狭まりました」

「それはよかった。住所ではどうなります？」

「九段北四丁目の三番から四番の間になります」

「管理官、ＳＩＴの出動準備もさせておいてください」

「了解。現在旧八方面本部庁舎で訓練中ですので、スタンバイをかけます」

「お願いします」

画像処理担当分析官が衛星写真を解析した画像をモニターに映し出した。

「おおっ！」

皆が声をあげた。上空からではあるが、人の識別ができるのである。上を向いた人の顔は確実に確認できた。藤江が分析官に訊く。

「誘拐車両が羽田を出たのは何時でしたっけ？」

「午前八時四十八分三十秒です」

「それでは、ＤＢで高速を使わずにＮを避けて九段北四丁目まで行くコースと所要時間をチェックしてください。ああ、そうだ、Ｎには九段南三丁目靖国通り下りで午前九時五十三分に捕捉されていたんだ」

　分析官が素早くデータを入力していく。

「室長。所要時間を計算した結果、九段北四丁目には九時五十五分に到着する計算になります。九段南三丁目靖国通り下り午前九時五十三分ですね。ほぼピッタリです」

「最初の電話が一時ちょうど。完全に被害者の身柄を確保して、それから父親に電話するまで三時間とすると、これは長いな」

　藤江は声に出しながら、頭を巡らしていた。通常の身代金誘拐事件ならば、犯人たちはもっと早く親族にコンタクトを取る――そして新たな指示を捜査員に出した。

「この付近にヤクザもんの事務所かフロント企業があるかチェックしてください。それから、組対に行って『関連施設情報一覧』を借りてきてください。あの情報は、組対はあえて警視庁の統合データには入れていないはずなんです」

「組対」とは「組織犯罪対策部」を意味する。かつての捜査第四課と暴力団対策課などが一緒になった、警視庁内では最も新しい部である。

「管理官、あとの現場指揮はお任せいたします」

「了解」

藤江は一旦デスクに戻った。間もなく午後三時、身代金受け渡し要求の電話が入る時間が迫っている。できればあと二時間引き延ばしたい。重田孝蔵からは、すでに現金二億円が準備できた旨の連絡が入っていた。あと二時間あれば犯人の拠点を確認して、通信傍受法を適用し、犯人たちの通話を傍受できるのだが——。

藤江は日美商会の専務室に詰めている米澤管理官に連絡を入れた。

「管理官、藤江です」

「ああ、室長、いかがですか、そちらの方は」

「少しずつ追い詰めていますよ。それよりも、間もなく三時になりますが、身代金受け渡しの交渉を二時間延ばしていただけませんか」

「二時間でよろしいのですか」

「はい。予定どおり交渉場所の変更もお願いいたします」

「その件は、被害者の父親とも十分に打ち合わせ済みです」

「よろしくお願いします。それから、専務、もしくは社長に確認して頂きたいことがあります。最近、暴力団関係者とのトラブルがなかったかという点です」

「全部了解。これまで聞いたところによると、化粧品関係で関西系の連中が何かと言ってきているようです」

日美商会が化粧品の新事業立ち上げを目指していることは、藤江も聞いていた。

「了解。その点も詳細な時系列の作成をお願いします」

「了解」

無線同様、電話でも余計な言葉を入れるのを藤江は嫌う。警察組織内でもよく使われる「了解しました」の「しました」は要らないという判断なのだ。室員たちにもそれを徹底させている。

一五：〇〇

午後三時きっかりに日美商会の専務秘書、青木の卓上電話が鳴った。

「専務、電話が入りました」

十分前から準備をしていた捜査員がＯＫのサインを出した。孝蔵はゆっくり受話器を上げる。

「お待たせいたしました、重田でございます」

「専務さんかい。どうだ、金の準備はできたかい」

「はい。準備はできています。息子は元気でしょうか?」

「ああ。元気にしている」

「声を聞かせて頂けませんか」

「いいだろう……」

電話の向こうで人の動きがあったようだった。低い男の声がした。悠斗に何か言い聞かせているのだろうか。孝蔵は思わず受話器を固く握り締めた。

「おとうさま、悠斗です。僕は大丈夫です、今……」「おっと、もういいだろう」

「……ありがとう。私から一つだけお願いがあるのですが」

「なんだ?」

「会社内で交渉するのは、非常にむずかしいんです。自宅に戻って話をすることはできませんでしょうか」

「どうしてだ?」

「この電話は交換を通ってきますし、私の部屋には秘書もおります。それに、社員もひっきりなしに訪れるのです」

「すぐに終わることだ」

「最近、新事業の取材でマスコミの経済部が多く出入りしているのです」

「家に帰るのに、どのくらい時間が必要だ？」

「はい、会議や面会をキャンセルするのに少しかかりますが、五時には必ず着きます」

「金はそこにあるのか」

「いえ、銀行です。もう銀行の現金輸送車が出る準備はできています」

「よし、それなら自宅の電話番号を言え」

「はい。〇三－四六〇〇－＊＊＊＊です」

「五時ちょうどに電話を入れる。すぐに動ける準備をしておけ」

　電話は切れた。

「逆探知はどうだ」

「絞れません」

　米澤管理官は、被害者の生存を確認できたことにホッとしていた。しかし今回の電話では、犯人側が警察の存在などまったく気にしていない様子であることが不気味でもあった。

「室長に連絡をとる。電話をつないでくれ」


「室長、米澤です」

「はい、こちらでも今の電話を確認しました」

「奴らは、ただの金狙いなのでしょうか？」

「いえ、今のところまったくわかりません」

「これまでの誘拐事件では、犯人は必ずと言っていいほど『警察には知らせてないな』と念を押したものなんですが……」

藤江もこの点が気になっていた。犯人グループの正体と本当の狙いが未だにはっきりしない。

「そうでしょうね。今回、犯人は、我々などまったく眼中にないといった感じでした」

「しかし、被害者は無事でした」

「それも、これから音声分析をしてからです。声は本人に間違いないのですね？」

「はい。今、再確認していますが、間違いないようです」

「よかった。それだけが救いですね。今から二時間、勝負してみます。管理官は重田専務の自宅に同行して指揮をお願いします」

そのとき、藤江の部屋の扉がノックされ、事件第一担当管理官が入ってきた。

「室長、失礼します。組対部の資料によると、最近、九段北四丁目四番で、極興会系弘辰会の関係者が街金を始めたらしいとの情報がありました」

やはり暴力団絡みか——藤江の勘は当たった。それも関西の巨大組織直系の有力団体だ。

「すぐにデータに落としてください。関連情報もすべてチェックしてください」

「了解」

「SITはどうなっていますか？」

「はい、現在、市ヶ谷見附でスタンバイしております」

藤江は突入の可能性も考慮に入れ、大型モニターに映し出された画像を見ながらSITの配置も考えていた。

「ではその、街金の正確な場所がわかり次第、通信傍受の令状請求と措置をお願いします。現場への前進はどうなっていますか？」

「はい、バイク部隊四名と二車両が靖国駐車場を拠点にして秘匿で捜査中です」

「わかりました。よろしくお願いします」

音声分析の結果、犯人が使用した電話機は、過去二回のものと同じだった。

さらに監視衛星写真分析班から、

「昨日の午前九時五十六分に九段北四丁目四番にあるダイトービル前で白色ワゴン車から子どもと大人二人が一緒に降りて同ビル内に入る画像あり。人着《にんちゃく》から、被害者の可能性大」

との報告が寄せられた。

街金調査の結果、

千代田区　九段北四丁目四番ダイトービル二〇二号室

株式会社　近藤企画　代表取締役　山際幹雄《やまぎわみきお》

が浮かび上がり、電話架設及び建物の契約者であることが判明した。

藤江はこの近藤企画の調査を命じた。

山際幹雄本人には前科前歴の他、暴力団若しくは、その周辺者としての認定はなかった。組対部の資料をさらに分析に回し、この会社と極興会との関係を調査させた。

会社の登記簿謄本と登記申請書を確認すると添付された定款には、目的事業に貸金業の記載があり、貸金業法に基づく登録と団体許可も行われている。さらに役員らをチェックした結果、監査役に「細川《ほそかわ》ゆみえ」という名前があった。

細川ゆみえを調査した結果、彼女は、

極興会系弘辰会幹部
梶原勝英《かじわらかつひで》　昭和四十二年五月五日生（四十一歳）前科四犯

の情婦であることが判明した。

梶原は京都の弘辰会本部から、五年前に東京の八王子に進出し、当時八王子で地元のヤクザと抗争事件を起こしていたが、現在は形式的には棲み分けができたらしく、八王子を拠点として二十三区内にも確実に勢力を伸ばしていた。

梶原は弘辰会の関東進出における総責任者だった。弘辰会の次世代のリーダーと目された梶原は、関東各地に秘かにフロント企業を設立していた。その一つが近藤企画だったのである。

梶原が関与した過去の事件の関係者から、昨日、羽田に迎えにきた運転手も写真面割りの結果、判明した。

梶原の兄貴分、弘辰会若頭の平沢芳雄《ひらさわよしお》だ。関西の多くのフロント企業を仕切る「経済ヤクザ」としてその筋では名が通り、後見人には関西大手の企業役員や国会議員の名も挙がっている。

これはでかいヤマかもしれない。藤江は即刻、写真分析班に指示を出した。

「弘辰会の全データを至急集積してください。それから、空港で撮ったビジネスマン風の男、それと女の顔写真を組対の弘辰会担当に見せて、面割りを依頼してください。うちだけじゃなく、関西の担当を警察庁に確認して、至急電でデータ送信お願いします」

背後組織の大きさが気になる。

「こいつら、警察を屁とも思っていないのかもしれない。本当の狙いは何だ」

藤江はぽつりと呟いた。

午後四時、東京地方裁判所からの通信傍受の令状発付を受け、近藤企画に設置されているすべての架設電話、関係者が契約しているすべての携帯電話について、通信傍受が開始された。さらに発着信の調査も直ちに行われた。

この時間までに、九段北四丁目四番のダイトービル周辺は、特別捜査室の捜査員によって密かに封鎖状態になっていたのである。

「現場に待機中の捜査員に現場の生映像を送るように伝えてもらえませんか」

「了解」

藤江は自室を出て指揮所に入った。さっそくモニターの前に座る。

「現場一から指揮所」

「指揮所です、どうぞ」

「現在、四十五メートルの地点から目標を撮影中。このブラインドが下がった窓が目標です。しかし、雲行きが悪いです。今にもスコールが来そうな感じです」

間もなく、九段北を猛烈な落雷と雨が襲った。そこから三キロも離れていない桜田門はまだ日差しが残っていたのにもかかわらず――。

藤江は一旦捜査員を避難させた。雨は一時間ほど降り続いた。

一七：〇〇

午後五時、田園調布三丁目の重田孝蔵宅の指定された電話が鳴った。

「はい、重田です」

「この電話は、警察が引いた電話じゃないんだろうな」

「いえ、これは家内が息子の学校連絡用に個人で引いた電話で、学校の連絡網に記載されている電話です」

「そうか。それならいい。警察には知らせていないんだな」

「もちろんです。息子は、悠斗は元気ですか?」

「ああ、元気だ」

「声を聞かせて頂けませんか?」

「悪いが、息子さんは引き渡し場所に移動してもらって、ここにはいない」

「そんな……息子の無事を確認できないのですか?」

「いや、あんたが変なことを考えずに金を運べば、元気な息子に会うことができる」

「現金はここにあります。いつ、どこにもっていけばよろしいのですか?」

「あんたが使っている携帯電話番号と車の種類と色、ナンバーを知らせろ」

「はい、〇九〇-三四六二-＊＊＊＊です。車は、トヨタのランドクルーザーで白色、ナンバーは品川333た＊＊-＊＊です」

「カーナビは付いているな」

「はい、付いています」

「では、出発の準備をしてもらおうか。そこにはあんたの他に誰がいる?」

「はい、妻がいます」

「それだけか」

「はい。ふたりだけです」

「よし、また連絡する」

電話はそこで切れた。

「四十秒、逆探はできませんでした」

米澤管理官は電話が切れたあと、

「……様子がおかしいな」

と呟いた。

「犯人の声紋はどうだ？」

「本部の分析室に詳細を確認します」

高木が答えた。

本部でこの電話を聞いていた藤江も、奇妙に感じていた。なんとなく、犯人の様子がこれまでと違う気がする。第一に今回、初めて警察の存在を気にしていた。そして、被害者の父親である重田孝蔵を、これまで「専務」と呼んでいたのが「あんた」に変わっていた。

この時、音声分析担当が報告した。

「室長、声紋が違います。それと発信電話機もこれまでと違いますし、ダイトービル二〇二号室の電話は使われておりません」

「そうか……二〇二号室の架設電話の発信状況はどうなっていました？」

「今日の三時までの発信は、あの場所で間違いはないのですが、気になる点が一つありまして……」

「なんですか、それは」

「あそこの電話は転送機としても使われているようなんです」

「……しかし、子どもは運び込まれていますよね」

「はい、ただ、発着信の状況を見ると、転送電話と考えてよいと思います。架設電話は六台あるのですが、このうち二台が同時に発着信しているんです」

犯罪組織が電話で脅迫などを行う場合、捜査機関からの逆探知を妨害するため、複数の回線を経由させることがある。このときに利用されるのが自動転送機だ。自動転送機は台数が多ければ多いほど犯人に辿り着きにくい。

今日、逆探知は瞬時に判明する。「時間を稼ぐために通話を長引かせてくれ」というセリフは一昔前の刑事ドラマでしか通用しない。しかし自動転送機が使われるとそうはいかなくなる。とくに電話回線が海外を経由しているとなおさらだ。海外の二ヵ所以上の地点を経由されると、短時間で逆探知するのは極めて難しくなるのだ。

雨が収まるのを待って、藤江は現場に連絡を入れた。

「指揮所から現場一」

「現場一です、どうぞ」

「雷雨の被害などはありませんね、どうぞ」

「人員装備異常なし」

「指揮所了解、現場の確認を願いたい」

「了解。間もなく現場」

「在室の状況はいかが」

「内部の動きは確認できず。なお、音声も秘聴中ですが、音声は聞こえず。どうぞ」

「指揮所了解」

藤江が管理官に建物の内部構造を見たい旨を伝えると、ハンドカメラを所持した捜査員がビル内に入っていった。建物は平成十年に建築されたもので、地上十二階、地下二階で、一階、二階が店舗および会社、三階以上は住居になっていた。一、二階には三店舗、三階以上はワンフロア二軒の平均２ＬＤＫの賃貸マンションだ。地下は駐車場である。

地下に駐車場があるにもかかわらず、なぜ犯人はビルの前で子どもを降ろしたのだろうか。少年の逃走を考えなかったのか、その他の理由があったのか——藤江は不思議に思ったが、その疑問は間もなく解決した。このビルの構造的な欠陥で、犯人たちが借りてきた大型のワゴン車では車高が高すぎて地下に入ることができなかったのだ。

また地下にはからくりがあることも判明した。このビルは地下で裏にある別のビルと扉一つで繋がっており、隣のビルの半分はホテル形式の宿泊施設を備えた建物だったのだ。

「駕籠《かご》抜け……」

現場の映像を見た誰の頭にもその考えが浮かんだ。

指揮官の管理官は現場の捜査員に直ちに指示を出した。

「そのホテルの宿泊者カードと監視カメラをすべてチェックしろ」

二十分後に、ホテルのデータが送られてきた。防犯カメラ画像には例の車が映っていた。今日の午後三時三十分に出発している。

「後手後手《ごてごて》だな……」

藤江の頭の中に一瞬、嫌な感覚がよぎった——この駐車場から車を出して、すでにどこかへ消えてしまったのではないか？

だが、車が出発して約一時間半、今回の電話で犯人サイドは初めて警察の存在を気にしていた。誘拐から約三十四時間経つが、実際に被害者の親が誘拐を確認してから二十七時間。その後、警察が事件認知して二十時間。犯人グループは自分たちのすぐそばまで捜査の手が迫っているとは思ってもいないだろう。駕籠抜けに思われた彼らの動きは意図的なものではなく、本来そのために用意していたマンションが使えなかったか、または他の理由があったのかもしれない。たまたまそのような結果になったと考える方が正しい。藤江はそう思い直した。

深刻に悩むが、常に明るい方向に答えを求めるのが藤江である。

今回は藤江自身、自分が捜査責任者、捜査主任官の認識で臨んでいる。これは、五月に特別捜査室が発足して以来初の重大事件なのだ。

藤江は、今回の捜査が警察署を経由した事件認知でなかったことを幸運に思っていた。警察署認知になった場合、警察署の、力量もわからない捜査員を手足に使わなければならない。捜査主任官には警察署の刑事課長が就くのが一般的だが、こと特殊犯罪捜査に関しては、普通の刑事課長に務まるとは言い難い。特別捜査室の一捜査員ほどの知識も指揮能力もないだろう。

あまりに高度な捜査技術を導入したことで、特別捜査室と所轄との差が開きすぎてしまったのだろうか……。

藤江にふと浮かんだ感慨であった。今回の捜査を経験した警部、警部補の中から将来、捜査主任官になる人材が一人でも多く育てばよい。

それならば、次の一手を管理官に託してみよう——。

管理官は次は警視として警察署の副署長に栄転するのだ。本来ならば係長である警部クラスにこの経験をさせておかなければならないのだが、今回のような難しい事件ではそれは無理な話だ。藤江は、事件第一担当の、現在、指揮担当を下命している管理官に問題を提議した。

「管理官、次の一手は何でしょう?」

捜査全般を指揮管理してみろというに等しい、非常に難しい課題である。しかし、管理官だけでなく、この場に居合わせている者全員に考えさせるいい機会でもある。

管理官は、急に振られた課題に困惑したのかしばらく黙り込んでしまった。

「え、えーはい、被害者の解放場所を特定することです」

時間がかかり過ぎだ。期待していた答でもない。藤江は肯きながらさらなる質問を出してみる。

「そう。確かにそのとおりなのですが、その場所をこの段階で推理できますか」

「いえ、まだなんとも」

「そうでしょう。それよりも、この被害者を乗せた車がどの方向に進むのか。まず、そこが問題ですよね」

「はい。確かにその通りです。しかし、それをどうやって……」

「コンピューターの計算というのは、あらかじめこちらが予測データを入れてやって初めて計算できるものです。管理官の経験則からいって、犯人が最も容易に身代金を手にし、しかも被害者を安全に解放するとしたら、彼らはどのような手段をとるか。しかも彼らは暴力団なのです」

「そうですね、安全な場所に移動するしかない。それも、近場で……」

藤江が続けてヒントを出す。

「奴ら、極興会系弘辰会の関東地域での拠点となるべきところで、奴らにとって安全な場所といえばどこがあるでしょう」

「あっ、少々お待ちください。何と言っても、奴らは関東ではまだ新興勢力です。二十三区内にはさほど拠点はないと思います。すると、近郊の場所も十分に考えられます」

管理官はデータ分析担当に指示を下した。彼も必死に頭を働かせてくれている。与えられた課題をこなせないのは、「捜一生え抜き」としてのプライドが許さないのだ。しかし、この管理官は暴力団に関する情報に精通していない。得意分野ではないのだ。いま、その彼を、部下の係長、主任連中が懸命にカバーしようとしている。

　彼らの姿を見ていて藤江は嬉しくも、頼もしくも思った。これなのだ。捜査というものは、あらゆる方向から情報とサポートが入って進んでいく。

「参考までですが……」

　そのとき、ある主任が管理官に過去にあった事件をおずおずと口にした。

　その話を聞いた管理官は目を見開いた。主任は続けた。

「室長。かつて弘辰会は長野県の軽井沢と大町温泉郷の二ヵ所の拠点を使用して、類似の事件を起こした前歴があります。脅迫の仕方、犯行拠点の置き方、転送電話の使い方など共通点が多いです。関東進出間もない彼らに、それほど多くの拠点設定ができているとは考えにくいのですが」

「ほう、これがそのときのデータですね。二年前ですか……」

　主任が出してきたデータを見ると、管理官はパソコンのキーボードを叩いた。

「彼らの拠点、関西と関東の間には、東海道ルートを考えると愛知、静岡しかないわけですが、ここは非常に複雑なヤクザ同士の関係がありますから、奴らが進出するとは考えにくい。それに、奴らが前回しでかした事件は、中部と言っても岐阜です。名古屋にも進出できていないと考えるべきです。今の極興会総長は名古屋ですから、親分のシマを荒らすことになる。それを考えると、奴らの拠点は、軽井沢と考えてもいいのではないかと思います」

「そのときの拠点は今も残っているのですか？」

「それは、ええと……」

「至急調べてください。オウム真理教の科学班の関東への進出ルートに似ているわけですね」

「はい、中央道、長野道もしくは上信越道ルートです」

「そうですね、十分に考えられるところです」

それは藤江も気になっていたルートである。

「まず、軽井沢に抜けるルートのNと高速のチェックが必要かもしれません」

「首都高速はすでに手配済みですよね」

「はい。しかし、軽井沢に抜ける関越自動車道は、スタートが埼玉県警管内ですので、即座にこちらには情報が上がってきません」

管理官は眉を寄せる。

「そこに至るまでのNはどうなんですか」

九段から関越に入るまでのルートを思い浮かべた。

「新目白通りを通らず、大久保通りから、目白通り、環八から富士街道を通るルートを使えば、Nにかからずに谷原交差点から練馬インターで関越に入ることが可能です」

「わかりました。すぐに埼玉、群馬、長野県警に連絡を取って、関越の車両データを照会してください」

被疑者たちはダイトービルの隣のホテルを宿泊施設として使用してはおらず、ダイトービルにある近藤企画の部屋を使っていたことが、ビルの各フロアとエレベーターに設置された防犯カメラから判明していた。これで組織背景は明らかになったことになる。

一八：〇〇

午後六時、犯人グループから重田家に電話が入った。

「はい、重田です」

「あんた、今、奥さんとふたりだけかい？」

「はい、そうです」

「まず、元気な子どもの声を聞かせてやろう」

「おとうさま、悠斗です。僕は大丈夫です」

「悠斗、すぐに助けに行くからな！」

「はい。おとうさまを信じて待っています。ごめんなさい」

孝蔵にとって、息子が誘拐されて初めて交わす会話だった。

――あぁ悠斗、愛してるよ。

親が子供に対して持つ、片想いにも似た感情が胸にこみ上げてきた。隣に妻の明子がにじり寄って来た。息子の声を一言でも聞こうとするかのように目を閉じた。

「さあ、いいだろう。これから指示を出す。まず、二億のうち五千万円を奥さんにもたせて、これから家を出てもらおう」

「妻、ひとりで行くのですか？」

「そうだ。電車を使って横浜中華街に行け。奥さんの携帯電話の番号を教えろ」

「〇九〇－＊＊＊－＊＊＊＊」

「あとは携帯電話に指示を出す。妙なことは考えるな」

「妙なこととは？」

「警察だ。そこにいるんだろう？」

「まさか、まだ警察には知らせていません」

捜査員はイヤホンで会話を聞きながら、スケッチブックを使い孝蔵の話す内容について指示を出している。

「そうか、その言葉を信じておこう。中華街に到着したころを見計らって電話を入れる。田園調布十八時二十三分発の急行に乗れ」

電話はそこで切れた。一時間前の電話の声と同じだった。孝蔵と明子はハンカチで涙をぬぐった。わが子の無事を確認できたことが嬉しかった。

電話の向こうに雑音が聞こえていたが、敵は少年と車で移動中で、車から電話をしているような気配だった。

「逆探知は無理でした」

「また転送電話か。しかし、お子さんの無事が確認できてよかった。どうやら奴らも動き出した。奴らの拠点もわかったようだしな……」

米澤管理官は、本部のデスクが知らせてきた情報を重田孝蔵に伝えた。

「ええっ、犯人がわかったのですか」

孝蔵は突然の展開に驚いて尋ねた。

米澤は、慎重に言葉を選びながらも、困惑した表情を隠せないでいる。

「いや、犯人がわかったわけではありませんが、犯人グループが使っていたアジトは判明したようです。奴らも短時間で決着を付けたいんです。だから、息子さんを電話に出して、今回初めて重田さんと会話をさせた。ただ、わからんのは、どうして五千万円を別に運ばせることにしたのかです。これでご子息の身柄と交換してくれるはずはない。何のためにこのようなことをするのかがわからんのです」

一方、特別捜査室の自席の机に両足をのせ、暮れ行く窓外の景色を眺めながら、この事態について藤江も思いをめぐらせていた。

犯人グループの中で何かが起こっている。先ほどの交渉は、明らかにこれまでのとは姿勢も手法も違っている。おまけに身代金を分散して届けさせようとしている。

何があったのだろうか。犯人グループに新たに何者かが加わったとも考えられる。誘拐事件そのものにはかかわっていないが、組織内の上部構造にいる者で、身代金の一部を頭ハネしようとしている者が……。犯人側も一枚岩ではないのかもしれない。

誘拐犯にとって、また捜査側にとっても、最も神経と頭を使うのは身代金の受け渡し場面である。犯人はなぜ金を二回に分けて受け取ろうとしているのだろう。自爆行為のようにしか思えない。奴らは何を考えているのか。

これが奴らの実験的作戦だとすれば、そこで警察が姿を見せてしまうと、拐取された少年が殺されてしまうかもしれない。警察が手も足も出ないようにと、組織が緻密に計算して考え出した手法だということもありえる。これから彼らが全国に散らばって、身代金を分散して受け取る可能性もある。

警察がこれに負けるわけにはいかない。だが、ここはひとまず相手の出方を見よう。藤江は米澤に電話をした。

「管理官、藤江です。今回の現金引き渡しは視察だけにとどめましょう。奴らはこちらの出方を探っているのかもしれません。それほど用意周到と考えるべきです」

「室長、同感です。今回の奴らの動きには理解しがたいものがあります。追尾要員は何人くらい必要でしょうか」

「最低限、奥さんを秘匿警護するような動きでいいかと思います。中華街を指定していますが、その前に奪われる可能性もあります。もし、本当に中華街での受け渡しを考えているのだとしたら、敵は相当な監視態勢を組んでいるプロか、つまらないチンピラかのどちらかです」

「……つまらないチンピラとは、どういうことですか?」

米澤は小首をかしげた。

「通常、相手には最終目的地を伝えないでしょう。奴らだって、警察がすでに介入していることを十分考慮に入れているはずです。今、中華街に警察が配備されてしまったら元も子もない。深読みすれば、神奈川県警の警察官の面割りができる連中かもしれませんが」

「なるほど」

「ですから、携帯電話を秘聴できるようにする準備と、犯人から受け渡しについての指示を受けた際には、必ず相手の言葉を復唱するよう奥さんを指導してあげてください。中華街は一歩路地に入ると迷路ですから」

「了解」

米澤管理官は藤江室長の指示を高木主任に伝えた。高木は犯人グループが指定した明子の携帯電話に音声発信器を取り付けた。この音声発信器は厚さ二ミリで、携帯の通話口の裏部分に両面テープで貼るタイプのものだ。

「奥さん、電話が入った時点で、こちらの音声発信器のスイッチを押してください。

自動的に携帯電話の会話がこちらに送られてきます。犯人側はどこかで必ず奥さんを見ているはずです。ただし、どのような方法で指示をしてくるのかわかりません。ホテルのロビーなどで伝言を受け取ることになるかもしれません。そのときは小さな声で読み上げてください。この高性能の発信器はそのためのものです。それと、くれぐれもひったくりに注意してください。近くに捜査員は配置しますが、彼らはあくまでも奥さんの身を守るための警護要員です。五千万円を渡しても悠斗君は解放されないでしょうから、今回、我々は犯人グループの出方を見るのを主たる目的として動きます」

「わかりました。私は悠斗が無事であればそれでいいんです」

明子は指定の電車に間に合うように家を出た。駅前ロータリーに車両で待機していた捜査員二人も、追尾するかたちで同じ電車に乗り込んだ。

東急東横線は横浜駅から先、元町・中華街駅まで「みなとみらい線」と名称が変わる。名前どおり、この新路線の駅は、まるで近未来のスペースステーションのような雰囲気である。「みなとみらい駅」や終着駅の「元町・中華街駅」は巨大核シェルターか未来地下都市の入口を連想させる。

明子はその元町・中華街駅に到着した。

この駅に改札は二つある。進行方向前方の改札を出ると横浜の商店街の代名詞である「元町」、後方改札を出れば横浜最大の名所である「中華街」だ。

明子は、指定どおり「中華街」方向の改札口に向かう。さすがにこの時間からこの観光地を訪れる人は少ないが、それでも八両連結車両からは、二百人ほどの乗客が吐き出された。

ホームから地上に出るには長いエスカレーターを二度乗り継ぎ、さらに長い地下通路を通らなければならない。

明子は心細かった。大きめのショルダーバッグを肩から斜めにかけ、長い通路を歩く。ようやく出口につながる最後の階段に近づいたとき、携帯電話が鳴った。一瞬ビクッとしたが、高木主任に言われたとおり、まず発信器のスイッチを押す。ディスプレーを見ると、非通知の表示が出ていた。通話ボタンを押す。電車の中で何度もイメージトレーニングしていたので、自然な流れで一連の動作をやりこなした。

「はい、重田でございます」

「まだ地上に出てきていないんだな」

「いま階段の手前にいます」

「よし、そのまま、話をしながら階段をあがってくるんだ」

「はい……あのう、悠斗は無事なんでしょうか?」

「ここにはいないが元気にしている」

「間違いなく、帰していただけるのですね」

「あんたたちが変なことさえしなければ、すぐに帰してやるさ」

「外に出ました」

「よし、右方向に信号がある。それを左、中華街の中央通りを真っ直ぐ歩け。様子を見ながらまた連絡する」

そこで一旦電話は切れた。電話の声の主がまた違っていた。

明子はこれまで何度も来たことのある中華街の門をくぐり、左斜め前方にゆるやかなカーブを描いている二つ目の路地を折れる。横浜中華街のメインストリートに出た。

通りの両脇に並ぶ店々は改築され大きなビルに変わっていっている。朱や金や青の原色に彩られた町並みが、イルミネーションで眩しく輝いている。現在の中国本土にはない、古来の中国らしさが残る街だ。夕食を終えた客たちが通りをぶらぶらと歩いている。休日の昼間のような人の多さだ。

あちこちの路地にザルを手にした甘栗売りが立ち、試食をさせようと通行人に近づいていく。

明子が最初の路地に差しかかったとき、愛嬌のある顔立ちの若い男が声をかけてきた。

「奥さん、甘栗はいかがですか。サービスしますよ」

ザルは艶やかな栗でいっぱいだ。

「ありがとう。でも、今日は結構です」

「じゃあ、これだけでも」

すると男は、明子に小さな紙袋を渡し、人混みのなかに消えた。渡された紙袋のなかを覗いてみると、一枚の紙切れがあった。

〈聘陽楼《へいようろう》の先の萬宝楼《まんぽうろう》に入って名前を言え〉

明子はこれを高木主任に言われたとおり、小さな声で読み上げる。それから萬宝楼の扉をくぐった。

店内は多くの客で賑わっているようだった。

「いらっしゃいませ。ご予約の方ですか?」

「重田と申します」

「はい、どうぞこちらへ」

チャイナ服を着こなした、中国語訛《なま》りのある若いウェイトレスのあとに続いて、明子は奥に入っていく。一番奥の扉の前で、ウェイトレスが振り向いた。

「こちらです」

個室に通されると思った明子は目を大きく開いた。扉を開けると、そこは外に通じる裏口だったのだ。白いワンボックスカーがサイドドアを開けて停められていた。

私が掠われてしまう——明子は恐怖に襲われた。そのとき、背後から何者かに口を塞がれた。耳元で男の声が囁く。

「奥さん、指定された荷物だけその車に入れなさい。終わったら、振り返らず、この右の路地から今来た道を戻って帰りなさい。わかりましたね」

明子はただうなずくしかなかった。ショルダーバッグのファスナーを開け、紙袋を取り出すと、肩に重くのしかかっていた我が子の命を思う緊張と重圧が抜けていくような気がした。

まだ悠斗が戻ってきたわけじゃない——思わずその場にへたり込みそうになる気持

ちを抑え、紙袋を車の後部座席に置く。

直ちにサイドドアが閉じられると車は急発進した。明子は精一杯の勇気を振り絞って車のナンバーを確認しようとしたが、ナンバープレートが何かで覆われており確認することができない。慌てて萬宝楼の裏口を振り返ったが、誰もいない。

我に返った明子は携帯電話を取りだし、自宅に電話を入れた。

「ああ、あなた、私です。今、萬宝楼の裏口でお金を渡しました」

「そうか、君は無事だったんだね」

「はい、最後に口を塞がれましたけど、何もされていません。これでよかったのかしら」

「大丈夫だと思う。ちょっと待ってくれ、刑事さんに替わる」

「……ああ、奥さん、米澤です。お疲れさまでした。奥さんが約束の動作をちゃんとやってくださったので、うまくいきました。敵はナンバーを隠した白いワンボックスカーで逃げましたね」

「はい。そうです」

そこまで答えて、明子は思わず大粒の涙をこぼした。警察がちゃんと見守ってくれていた――安堵感が彼女を包むとともに、体から一気に力が抜けた。

そこに空車のタクシーが近づいてきた。明子は手をあげタクシーを停めると乗り込んだ。

「田園調布」

明子を密かに追尾していた捜査員は、中華街の正門をくぐると、通行人のふりをして彼女に接近し、近づいてくる者すべてを隠しカメラで撮影していた。明子が甘栗売りから紙袋を受け取ったときには、すでに本部分析室と通信回線を開いていた。「萬宝楼」の名前が出た段階で、「あの店は裏口があるので、一人はそちらに回れ。駕籠抜けに気をつけろ」との指示が分析室から出ていた。

複数で追尾をする場合には役割分担がある。対象者に近い者が追尾を継続し、後部にいる者は臨機応変に動く。本部から指示を受けると、後部にいた捜査員はすばやく飯店の裏口に先回りをしたというわけだ。

そこに白いワンボックスカーが駐車していた。後部ナンバープレートは段ボールで覆われている。捜査員は十分距離をとってゆっくり車両の前に回り、ナンバーを確認し、本部に連絡を入れると、運転者とその周囲にいる者を秘匿に撮影した。車両はナンバーからレンタカーであることがわかったので、即座に契約レンタカー会社に照会する。

追尾を続けていた捜査員は、明子が店内の入り口付近にあるカウンター前でウェイトレスに案内されるまで店内を見渡すことができる店の外で視察していた。ふたりが奥に入っていくと、店内の階段から降りてきた男がそのあとをついて行くのが見えた。すぐに店内に入り明子に接近した。

捜査員相互で連絡を取り合い、明子が拉致される可能性も考慮にいれ、藤江の指示を待った。

藤江はその車両に発信器を取り付ける可能性の有無を訊いた。道行く人と車で混雑している狭い裏路地をすり抜けるふりをして、捜査員はマグネット式の超小型GPS発信器をワンボックスカーに素早く取り付けた。

明子のあとについて行った男は間もなく正面出入り口に踵をかえしたので捜査員は狭い廊下でこれを一旦やり過ごし、その追尾に入った。この間秘匿に写真撮影もしていた。

裏口の捜査員は明子がタクシーに乗車したのを確認してから、合流してワンボックスカーの追尾に入った。超小型GPS発信器が取り付けられたワンボックスカーは、別部隊のバイクチームが追跡態勢に入り、三十分後に捕捉に成功した。捕捉とは確実に追尾の態勢に入ることをいう。犯人を追う二人は一時間後にワンボックスカーが拠点に入るまで巧みな追尾を続けた。

午後六時十分、藤江は部長在室の確認ランプを確かめて単身、刑事部長室を訪れた。

「おう、どうした。犯人でもわかったのか?」

報告書に目を通していた大石刑事部長は、鼻のうえでずらした老眼鏡のうえから藤江を見た。早く話を聞きたいという顔をしている。

「犯人というより犯人グループは特定できました」

「なに、本当か、もうわかったのか」

大石部長は驚きの声をあげた。

「はい。グループは広域暴力団極興会系弘辰会のメンバーに間違いありません」

「極興会系弘辰会が誘拐をやるのか」

「はい。理由は未だに判明いたしておりませんが、日美商会ともトラブルがあったようです」

「ふーん、日美商会もあそこまで大きくなると敵も多いのだろう。それで、被害者救出のめどはどうなっている」

「はい、午後六時の時点では無事が確認されております。父親と話をしました」

被害者無事の報告を聞いて、大石部長は大きくうなずいた。

「そうか。居場所はわかったのか？」

「いえ、現在、拠点を移動中だと思います」

「すると、その前の拠点は判明したのだな」

「はい。すでに通信傍受の態勢に入っております」

「ああ、先ほどの令状請求はそれだったか」

「はい」

大石刑事部長は初めて笑顔を見せた。

「報告はそれだけか」

「いえ、あと一件と、お願いがひとつあります」

「よし、言ってみろ」

「はい。まず、ジャパンテレビ報道局長の加藤正一郎に対する、本件捜査情報の流出の件ですが……」

大石部長は思わず藤江の言葉を遮って言った。

「それもわかったのか」

「はい。私の同期で、現在、内閣参事官の大前哲哉と思われます」

「大前哲哉……ああ、あの三枝の親戚筋の奴か」

「はい、その大前です。それが、日美商会と三枝家は親族でして……」

大石部長もそこまでは知らなかったらしく、キョトンとした表情を見せた。可愛がっている藤江の前では自分をつくろわない。

「えっ？　どういう関係だ」

「はい、三枝議員には二人の子息がおられまして、長男は医者で、その嫁が大前の姉です。次男が日美商会の重田家に養子に行っております」

「すると、今回の被害者の父親、重田孝蔵は三枝の次男ということか……」

「はい。そのとおりです」

大石部長は目を閉じると、顔を天井に向けながら何事か考えている。その姿勢のまま、自問するように呟いた。

「しかし、身内の不幸をマスコミに売るバカがどこにいる」

藤江は少し間を置いて答えた。

「まだ経緯はわかりませんが、当日、重田孝蔵は、事件の対処を大前に相談しています。たまたまだと思うのですが、大前が本事件を認知した前後に、ジャパンテレビの加藤から大前に何度か電話が入っているのです」

「もしかすると、大前と加藤が一緒のときに、大前がこの事件を認知した可能性がある、あるいは大前が電話で加藤に話したというのか？」

大石部長はようやく目を開け、藤江の目を正面から見つめた。

「御意」

「なるほどな……しかし、普通、話すか？　身内の不幸を……」

「その点に関しては私にはなんとも……」

「お前ら、同期で、確認していないのか？」

「申し訳ありません。大前とは中学からの同期なのですが、あまり人間関係はできておりません」

藤江の返答に、大石部長はさもあらんというように苦笑いをした。

「そうか……実は、私も、あの大前はスカンのだ。三枝もだがな……よし、そっちのほうは私があとで確認してみよう。それと、願いというのは何だ？」

「はい。警備部のＳＡＴ（特殊急襲部隊）をお借りできないかと思いまして……」

「なに、ＳＡＴを……うちのＳＩＴ（特殊捜査班）ではだめなのか？」

「まだ、なんとも言えない状況なのですが、被害者救出にあたっては特殊急襲の場面も想定されるのです。うちのＳＩＴも実戦トレーニングは積んでいますが、狙撃などの準備も必要かと思います。相手は広域暴力団ですから」

「早いほうがいいのだな」

「はい。スタンバイしておいて頂けるとありがたいです。ヘリも二機すでに手配しております」

「そうか。わかった。警備部長に話をしよう。ちょっと待て」

大石部長は総監以下、部長室の扉上部に設置されている各部長の在室ランプを振り返り、警備部長在室ランプを確認すると、

「珍しいな、あいつもまだこの時間におるわ」

と言いながら応接テーブル上の電話に手を伸ばし、五桁の番号を押した。発信音に続いて、スピーカーから関西弁の大声が飛び出した。

「白川です。大石どないしたん」

ナンバーディスプレーで確認しているのだろう。大石部長も受話器を取る。

「毎度。白川、ちょっと相談なんやが、あんたんとこのＳＡＴを捜査に借りることはできるんかいな」

「ＳＡＴ？　市街戦でもやるんかいな」

「なにゆうとんや。誘拐事件や」

「誘拐？　それやったら、あんたんとこのＳＩＴがおるやんか」

「それが、指揮官がＳＡＴの力も借りたいゆうとんじゃ」

「誰や、その大それた指揮官は」

「一回り下の後輩や」

「兵庫の？」

「そう。高校も後輩なんやけど」

「ほう？　ああ、この春できた捜一の特別捜査室の室長か……」

「ああ、それそれ」

「なんや、おもろい男らしいな。石川総監がゆうとったわ」

「まあ、昔風に言えば新人類やな。ごっつう仕事は早い」

「それで、いま、誘拐起きとんのか」

「そうなんや」

　同じ関西弁でも大阪と兵庫は微妙に違う。白川は大阪出身だった。

「まあ、派遣でけへんことはないけど、その特別捜査官をこっちに寄こしや」

「そやな、直接、話聞いてもろたほうがええわな。今からでもええんか?」

「ええで」

「ほな、行かすわ。よろしく、頼むわ」

「わかった」

電話を切ると大石刑事部長が藤江に向き直った。

「白川がお前の話を聞きたいと言ってる。あいつの性格からいうと、簡単でも、資料を作っておいた方がいいな」

「はい、それならばここに……」

「なんや、手回しいいな」

大石刑事部長は藤江が作成した「特殊犯罪におけるSATの運用について(案)」というタイトルのA4用紙三枚の文書にすばやく目を通し、思わず唸った。

そこにはSATが使用している資機材から狙撃チームの配置、SITとの連携及び、現場突入順位まで記されている。

「藤江、お前、この現場がどこなのかわかっとるんか?」

「いえ、あくまでも想定です」

これまでの経過から藤江は確信に近い回答を用意できたが、それはあえて口にしなかった。

「いやに具体的な案だな。狙撃位置はどうするんだ」

大石は頼もしい後輩を試すように言って、体をぐっと椅子の背に預けた。

「はい、そこは臨機応変にやってもらうしかありません。彼らはレンジャー訓練を終えています。枝を払った針葉樹の上からでも、対象を狙うことができるでしょう」

「そこまでの技術があるのか」

「はい、彼らを指導した教官の性格からいって、おそらくその程度までは仕上げていると思います。ルフトハンザハイジャック事件の際の指揮官でしたから」

「ほう、あのときの……。まあ、これを白川に見せてやってくれ」

「はい。幸い、出動は東京へリポートからですから、訓練場にも近いです」

「よし、わかった」

藤江は、自分が今回の事件の捜査主任官であることを意識したときから、一流の映画監督のような仕事をしようと心がけてきた。まだ観客はいないが、シナリオ段階から完成した作品を常に頭のなかでイメージし、照明の位置、カメラアングルなどを決めていく――そのためには、運用するメンバーの能力、使用する資機材の性能をすべて把握しておかなければならない。あとは用兵である。

一八：三〇

午後六時三十分、藤江は警視庁本部十六階にある、警備部長室を訪れた。

「着任申告以来やな」

「はい」

「俺らと一回りも違うんかいな」

「はい。そのように伺っております」

「それで、SATを捜査に使いたいとか？」

「はい、これが事案の概要です」

藤江は先ほど大石刑事部長に見せた書類を渡した。白川警備部長は速読するなり、

「よし、ようわかった。一応、総監と警備局長にも報告しておく。SITだけで片づけばええんやが、まあ保険やな」

藤江は白川に深々と頭を下げた。

「ところで藤江、ヤクザモンと戦ったことはあるんか」

「はい、大阪と福岡でひととおりやってきました」

「本場やな、まだ鉄砲玉は多いんか」

「そうですね、関東に比べると数倍はおります」

「そやな、こっちは上品やからな、お前なんか、こっちのモンと思われとるんやろう」

「いえ、やはり訛りは消せませんし、消そうとも思っておりません」

白川部長は藤江の顔を見てニヤリと笑い、再びレポートに目を落とした。

「ふーん。このレポート見ると、お前が捜査主任官みたいになっとるけど、誰が指揮とるんや?」

「はい、トータルコーディネートは私が行います」

「しんどいな。管理官クラスには誰かおらんのか」

キャリアが現場で指揮を執ることは滅多にない。

「はい、SATを預かるとなりますと、私が行うほうがいいと思います。それに……」

「それに?」

「本当は資機材を有効活用するには、もう半世代若返りが必要かと思います」

「まあ、それは興味の問題もあるが、デカちゅうのは古い体質やからな」

「体質改善は進んではいるのですが、もう少しというところです」

「そうか、お前も石川総監の一本釣りと聞いとるからな、最先端なんやろうな」

「現場一筋ですから」

白川は警視庁機動隊の隊長だったことがあるが、実際に部隊を指揮したのは副隊長だった。

「ええなあ、『現場一筋』。俺も一度言うてみたかった台詞や。ところでお前、SATのことはどのくらい知っとるんや」

「一度、松本の航空自衛隊基地で、レンジャー訓練に合流しました」

「お前もやったんか？」

「はい、FBI研修で最も重点的に学んだ分野です。ドイツの特殊部隊GSG－9からSATに指導に来られていた教官に私も習っております」

ドイツの特殊部隊「GSG－9」はドイツ連邦警察局に所属する特殊部隊で、この名の由来は、連邦警察局の旧称であった「国境警備隊」の中の「第九グループ」の略称からである。

「ううむ、現場一筋やな」

白川部長は藤江の顔をまじまじと見つめた。こんな男が警視庁におったんだなあ。俺だってこいつぐらい若ければ、とでも言いたげな表情だ。

「出動前に、一度でも訓練風景を見ておきたいと思います」

藤江がそう言うと、白川部長は身を乗り出してきた。

「よし、そんなら俺も一緒に行こう」

この人も本当は現場にいたいのだ。チャンスがあれば外に出たがる。止めてもついてくるだろう――藤江はそう感じたが、とりあえず口にしてみた。

「それは大げさになるのではありませんか」

「俺の指揮下にある部隊や。警備第一課長に言うておこう。明日にでも行くか？」

「はい、できれば早いほうが」

予想は当たった――。

「あれは元の六機（第六機動隊）や」

「そう聞いております」

「よし」

白川はその場で警備第一課長に電話を入れた。すぐに課長が部長室にとんできた。まだ居残っているのだ。それもそのはず、部長が帰らない限り、課長も退庁できないのが警視庁の悪い伝統だ。しかし、いまはそれが幸いした。おかげで、明日の午前中に警備部長、刑事部長、警備第一課長と藤江の四人でＳＡＴの訓練状況を極秘に視察する手配が整ったのである。

第七章　反転

八月五日　一九：〇五

　午後七時五分、指揮所で電話を受けていた捜査員が藤江に声をかけた。

「室長、埼玉県警からの連絡で、白のワンボックスカーが関越に入ったようです。練馬インターから乗って、午後六時三十分に料金所を通過しています」

「関越か。向かうのは群馬か長野だな……藤岡ジャンクションの通過状況を至急確認してください」

「了解。再度、群馬、長野両県警に確認を取ります」

「お願いします」

　二十分後、群馬県警によって七時二十分に藤岡ジャンクションから上信越自動車道に入ったことが確認された。

「五分前か……長野県警に連絡して軽井沢インターの高速隊分駐所に出口検問をやってもらうよう依頼してください。秘匿でね。もしインターを降りたら、できればこの車両を可能な限り秘匿で追尾してもらうよう、あわせて依頼できればありがたい」

「了解」

数ある長野県警察署のなかでも、軽井沢警察署長のポストには、若くて優秀な者が就く場合が多い。皇族はもちろんのこと、政財界の要人、文化人が頻繁にこの地を訪れる。彼らの急な要望にも、臨機応変に対応できるスマートさが必要とされているからだ。

藤江は県警本部に電話を入れ、署長の氏名、簡単な経歴を聞いた上で署長公舎に直接電話をした。

「警察庁の情報技術犯罪対策室におりました藤江と申します」

「ああ、これは藤江理事官。大変ご無沙汰いたしております。府中ではお世話になりました。五味《ごみ》でございます」

軽井沢警察署長の五味は、警察大学校内にある特別捜査幹部研修所で藤江の講義を聴いたことがあった。

「警察大学校特別捜査幹部研修所」、通称「特捜研」。東京都府中市にある警察大学校内に設置されており、全国四十七都道府県警察に勤務する、警部以上でかつ若手の捜査幹部のうち、将来の捜査指揮官となるべき者を養成する捜査研究機関である。五ヵ月間の全寮制で、捜査幹部のなかでも、「特捜研出身者」は捜査員からも一目置かれる存在となる。彼らの報告する研修結果はまとめられて書籍になり、全国警察の捜査資料として活用されている。警視庁からも年間数人しか入所できず、捜一課長にはこの出身者しかなることはできない。大変な登竜門なのである。

「実は、まだ未確定なのですが、重要事件被疑者が車両利用で貴署管内に入る虞《おそれ》がありますす。たったいま、インター出口の高速隊にはお願いしたのですが、秘匿追尾のご協力を願いたいのです。それと主要ポイントの防犯カメラ対策もお願いしたい。できる限りで結構です」

「藤江理事官の仰せとあらば、いかようにもいたします」

「申し訳ありません。空振りの可能性もあるのですが、お手間をおかけいたします」

「すぐに緊急招集をかけますので、署の宿直に手配方の内容を連絡ください」

「ありがとう。被疑者を確保する必要はありません。捕捉できればよいです。相手の拠点の実態把握だけで結構です」

「了解いたしました。では私はこれから本署に参りますので、お電話いただく際に受付が出ましたら、署の指揮所に電話を回すようにお願いいたします」

「はい、二分後に電話を入れます」

藤江がここまで手を打ち、ふと周囲を見回すと、捜査員たちが真剣な目付きで自分のほうを見ていた。皆、これからの仕事に燃えているようだった。


上信越自動車道、軽井沢インターチェンジの一つだけ空いている料金所ブースに一台の白いワゴン車が入ってきたのは、それから二十分後のことである。

＊

軽井沢の緑はたおやかだ。

旧軽井沢から中軽井沢に抜ける、緑に囲まれた離山通りのなかほどにあるイタリアンレストランの角を右に折れると、雲場池《くもばいけ》の西を通って鹿島の森へと続く御水端《おみずばた》通りになる。

木々のトンネルを抜けて旧軽井沢ゴルフ場の手前にある三叉路を左折すると、山越えで中軽井沢、星野温泉に至る山道となる。地名に「軽井沢」が付かなければただの山中なのだが——。この山中に建つ別荘では、週末毎に盛大なガーデンパーティーでも催されているのだろうか。独創的な粋を凝らした大規模な物件が多い。

ここの住民のひとり、スウェーデン人のニック・ビルドは投資家として成功し、三年前からこの中軽井沢を生活の拠点としている。家族は日本人の妻と七歳になる子ども、それに大型犬ホファバルトが二匹。

八月五日の午後八時ごろ、ニック夫妻は明日の朝食用のフランクフルトを買いに、旧軽井沢の腸詰屋に車で出かけた。途中、二人は奇妙な光景を目にした。真っ暗な夜道を照明器具も持たず、自分たちの子どもと同じくらいの年齢の男の子をぴったりガードするようにして四人の男が近所の別荘に入っていったのだ。ここのオーナーの御曹司だろうか——玄関口の照明でおぼろげに見える少年の後姿を横目で見ながらニックは推測した。

あの別荘は我が家と同様、二千坪ほどの小山のなかに建つ豪華なものだが、軽井沢にしては珍しく、頑丈そうな塀に囲まれ、門扉以外からなかを覗くことができない。

ワイフは「きっと消費者金融の社長かなんかの持ち物よ」と言うが、まったくの見当はずれでもないだろう。ときおり人相のよくない男が、関西方面のナンバーを付けた高級車でやってくる。軽井沢にヤクザがいるという話は聞いたことがないのに、不思議だ——ニックはそんなことを考えながら運転を続けていた。

二車線になったり一車線になったりする山道は車のすれ違いに気をつかう。カーブに入ったそのとき、すぐ先の暗闇のなかに白いワンボックスカーが停まっているのに気づいたニックは急ブレーキをかけ、急ハンドルを切って危うく衝突を回避した。停車車両はランプも点けていない。

「シット！　スチュピッド！」

相手を罵倒する言葉を吐きながら、ニックは停まっている車の後部に付けた。レンジローバーを降りて、米軍用のサーチライトを照らしながら近づくと、ワンボックスカーは側溝に前後の右タイヤを落としている。ライトで周囲や道路を照らしてみると、その先の路面には大きなスリップ痕があった。側溝に落ちたおかげで車体の転倒をかろうじて免れたのだろう。マフラーはまだ暖かい。事故を起こして間もない車両だ。誰も乗っていない。付近に人影もなかった。

途中で事故の関係者に会ったら乗せてやろう——ニックは車を再び走らせたが、中軽井沢の街に行く手前の鹿島の森に着くまで誰も見かけなかった。

テニスコートの脇にパトカーと私服警官の警察車両が停まっていたので、ニックの妻が車を降り、車両事故の話を伝えると、警察官は妙に興奮した様子でその詳細を訊いてきた。夫人が男の子が入っていった別荘の話まで付け加えると、私服警官が車から降りてきて、住所、氏名等の人定事項や連絡先を訊いた。

「エクスキューズミー。腸詰屋が閉ってしまうので早めにお願いできますか？」

「それではご連絡先をお知らせ下さい。あそこは八時半までですからね」

ニック夫妻の目撃談が特別捜査室の藤江室長たちに伝えられたのは午後八時三十八分のことだった。

八月六日　〇六：〇五

軽井沢警察署長、五味の動きは迅速だった。日の出を待って山岳救助資格をもつ捜査員二名を、ニックの妻が言及した別荘に派遣した。

ニックの家の敷地にある小山の頂上から直線距離で三百メートルくらいのところに、もうひとつの小山がある。捜査員二人は尾根伝いに問題の屋敷に近づいた。高さ約二メートルのポールが立てられ、有刺《ゆうし》鉄線が三十センチ間隔で六本張られている。

センサーが通っているのか、電流が流れているのか。だとしたらこれは要塞だ――捜査員は手にしている杖代わりの枝で、有刺鉄線を叩いてみるが、誰も出てくる様子はない。それなら……と、どこか入りやすそうな箇所を探すと、ところどころ獣道が敷地内に繋がっている部分が見つかった。小山の中腹くらいの場所で、一部有刺鉄線が完全に錆びている。おそらく狸の通り道が拡がっていったのだろう。この設備そのものが設置されて三年は経つ感じだ。

その部分を枝で思い切り叩くと、下二本があっさり切れてしまった。怪我をしないように鉄線を押し曲げていくと縦一メートル横三メートルの大きな通り道になった。これなら熊も楽々通ることができる。捜査員は敷地内に侵入すると、周囲をうかがいながら慎重に屋敷に近づいていった。

車が三台停まっている。神戸ナンバーの黒のベンツ、京都ナンバーの黒のセルシオ、そして昨夜、別の捜査員が追尾していた品川ナンバーの白のワンボックスカーである。ワンボックスカーは、上信越自動車道の軽井沢インターから軽井沢町内に入り、旧軽井沢から中軽井沢へ抜ける道の途中までは追尾したが、相手に気付かれる恐れがあったため脱尾していたのだった。

二台のセダンの持ち主は、車の種類、特別に契約して取ったであろう「・・・1」のナンバーからして、暴力団関係者に違いないという感触を二人の捜査員は持った。おまけにナンバープレートはゴールドの枠で囲われている。屋敷周辺の写真を撮影し、車のナンバーを控えてから署に戻った。

早急にナンバー照会を実施すると、やはり二台とも暴力団関係者の所有であることが確認された。

午前八時三十分、署長は警視庁の藤江に電話を入れた。

○九：○○

「SAT」はSpecial Assault Teamの頭文字をとり、平成八年五月に「特殊急襲部隊」という正式な名前を得て、警視庁、大阪府警、他数県警に「対テロ特殊部隊」として設置された。そのモデルとなったのは、ドイツの対テロ特殊部隊であるGSG－9と言われており、警視庁は研修生を実際にドイツへ派遣していた。十個隊ある機動隊のなかで、SATは第六機動隊第七中隊として組織されていた。

通称「六機七中」と呼ばれているこの部隊に配属されると、人事第二課の一般警察官名簿から名前が削除され身分を国家公務員に変える。その人物が現在どこに所属しているのか、同じSATの隊員以外は、警察学校の同期でもまったくわからなくなる。SATのメンバー構成は未だに「マル秘」よりさらに秘密度合いが高い「カク秘」扱いなのだ。

警視庁SATは総勢約六十人の中隊組織だ。その中は三個の小隊に分かれており、それぞれの小隊は腕利きの狙撃隊員を擁する。彼らは事件発生時には遠距離からの監視、警戒はもとより、百メートルも離れた地点から標的の直径十センチ内に確実に射撃できる準備と態勢を整えている。

突撃に先立つ盗聴や潜入の要員も指定されている。彼らの装備は最新鋭のものばかりだ。各種資機材を有効に活用できるよう、IT機器に精通した隊員も配置されている。彼らはFBIやSWAT同様、市街地における各種テロ対策に向けた訓練にも取り組んでいる。

SATが使用する武器の中で最も効果的なのは、けん銃と同じ九ミリ弾を使用する、世界中の特殊部隊愛用のサブマシンガン、MP5A4である。それが一小隊に十丁装備されている。狙撃銃はレミントンM七〇〇が主流であるが、連射機能のない特注の六四式狙撃銃が高性能を誇っているとも言われている。

午前九時、藤江は警備部長、刑事部長、警備第一課長と共に、江東区新木場にある警視庁術科センター内の特別訓練所を訪れた。ＳＡＴの訓練視察のためである。

内々に連絡が入っていたのだろう。迷彩服に完全装備を装着した隊員たちが、大幹部たちを整列して迎えてくれた。

白川警備部長が珍しくいつもの大阪弁ではなく標準語で短い訓示をしたあと、副隊長の「訓練開始」の声で、人質救出を想定した訓練が始まった。

視察幹部たちは指揮・監視室に入り、六台のモニターと約三センチの厚さがある三重の防弾ガラス越しに訓練を見ることになった。跳弾や誤射への配意である。

部隊から約二百メートル離れた位置に模擬小屋が建っている。

現場指揮官の中隊長が手で合図すると、先行要員三人が小屋に向かって匍匐《ほふく》で進み始めた。地面には土や枯れ枝などが撒かれているが、音を立てずに慎重に接近する。監視用赤外線センサーが張り巡らされているため、彼らは対赤外線、対レーザースコープを付けている。赤外線、レーザーは指揮室で自由に動かすことができるから、先行要員は常に在時戦場の意識なのだ。二百メートルを約五分かけて先行要員は小屋に到着した。と同時に、内部の様子をうかがいながら盗聴資機材を取り付ける。

「GからC」

「Gどうぞ」

「六一四、六一五どうぞ」

「C了解、五五一どうぞ」

「G了解」

一方、狙撃班は目標を確認できる場所を探し、樹木に見立てた柱に昇り、約二十メートルの高さにロープで体を固定して、監視、狙撃体勢に入った。会話は小型マイクとイヤフォンが装着されたケブラー製のフリッツスタイルヘルメットを使った無線通信で行われる。

「SからC」

「Sどうぞ」

「六一五どうぞ」

「C了解、状況を報告せよ」

「目標にマル被二名を現認。マル害は確認できず。どうぞ」

「C了解」

「G」は先行要員、「S」は狙撃班、「C」は指揮所。「六一四」「六一五」「五五一」

は警備符号で、それぞれ「現場到着」「配置完了」「指示を待て」を意味する。

「XからC」

「X」とは突撃本隊である。

「Xどうぞ」

「六一二」

「六一二」は目標物に対する展開行動開始を意味する。

「C了解」

突撃本隊が「出発」の警備符号を連絡してきた。先行要員が選んだ道を、やはり匍匐で前進する。七人全員が現場に到着した。それまでに、先行要員から内部の状況が断続的に伝えられていたので、盗聴器によって内部の様子がわかる。

「XからC宛て、六一四、六一五」

「C了解、Cから各配置員宛て、カウントを開始する。五、四、三、二、一、GO」

突撃隊の一人が小屋内に閃光弾を投入すると、これを見ていた藤江たちは至近距離でフラッシュを焚かれたように、網膜に残像が残った。

「バシッ」という音と同時に、反対側の扉から三人が室内に飛び込んだ。MP5A4短機関銃が「ダッダダッダッ」という軽快な音を立て、狙撃銃レミントンM七〇〇が

「ドゥ、ドゥ」と二発鳴った。

「マル害確保、マル被は一名射殺、一名を確保。作戦終了」

「C了解、Cから各配置員宛て、現時点五一一、五一〇以上」

「五一一」は攻撃中止、「五一〇」は攻撃態勢のまま待機の指示だ。訓練とはいえ、まさに実戦そのものである。

「どや、使えるか?」

白川警備部長は満足げな顔をして大石刑事部長の反応をうかがう。

「なるほど、SITだけでは不安もあったが、SATとSITがセットなら、いい仕事ができるだろう」

そう白川に答えながら、大石刑事部長は後ろにいた藤江のほうを振り向いた。

「さすがですね、よく鍛えられている。ロスのSWATに引けを取りません」

本音の賞賛である。まったく無駄のない隊員たちの動きに藤江は感嘆していた。

「現場を指揮していた中隊長に挨拶をさせて頂けますか?」

藤江が中隊長の直属の上司である副隊長に申し入れると、副隊長はこの若いキャリアに直立不動で敬礼をして、

「すぐに連れて参ります」

と指揮室を出て行った。その姿を見て白川警備部長が口にした。

「あの副隊長もまだ若いな、キラキラ星やな」

「キラキラ星」というのは、ノンキャリの出世パターンの一種で、機動隊と所轄の地域課との昇任を繰り返しながら階級を上げていくことを意味する。旧制服時代の階級章が星の数で階級を示していたので、いまも「キラキラ星」という表現が踏襲されている。かつて地域課を警ら課と言っていたため、機動隊の「き」と警らの「ら」をとってできた呼び名でもある。しかし「出世は早いが実務に疎い」と言われるのがこのタイプで、また上司には絶対服従ながら部下には絶対的な支配意識が強いという、悪しき共通点もある。

ノンキャリ警察官の昇任試験は、巡査部長、警部補、警部の三回だ。これを早くクリアすればその後の出世も早い。刑事や公安のような専門職に就くと、その分野の専門知識を習得するために多くの時間を割かなければならないので、手っ取り早く出世したい者たちは昇任試験勉強に集中できる「キラキラ星」コースを歩みたがる傾向にある。

しかし、警部試験だけは警視庁本部での勤務経験がなければまず合格できない。優秀な警部補は実務四年の間に上から目を付けられて本部へ引っ張られる。それがなければ昇任の道は途絶えてしまう。

警視庁本部のなかで最大の人員を抱えるのは刑事部、公安部だが、ここはいわゆる「職人」の牙城だ。刑事、公安の捜査員は「適任者名簿」から選ばれるのが原則だ。ごくまれに所属長の「特別推薦」というものがあり、「あいつは見込みがある」という判断のもとに一本釣りで刑事、公安の世界に入ってくる者たちがいる。彼らの中には逸材が多いと言われていた。

副隊長が指揮室に現場指揮官の中隊長を連れてきた。見るからに強靱そうな体を持ち、かつ精悍な顔立ちをした三十代半ばの男だ。大幹部たちの前まで来ると体を十五度「く」の字に曲げてぴったり三秒で正対した。

「中隊長の服部《はっとり》です」

警部クラスがこのような堅苦しい挨拶をするのは、最近ではあまり見たことがない。藤江はやや苦笑しながら、

「まあ、そう緊張しないで、僕は捜一捜査官の藤江と申します。今回、皆さんのお力を捜査現場でお借りしなければならない事態が発生いたしました。いま、立て籠もり

の急襲訓練を拝見させて頂きましたが、実に頼もしい印象を受けたので、ご協力を頂く前に、一度ご挨拶したいと思ったのです」

服部は目の前に立つ、地位も専門分野も知れない藤江に向かって恭しく頭を下げた。

「はい、市街事件を想定に入れた訓練も十分に行っておりますので、仕事のフォローはできると思います。よろしくお願いいたします」

自信ありげに口元をやや緩めながら、藤江の目をまっすぐ見た。こいつはできる──藤江はゆっくりと頷いた。

「出動命令にはいつでも対応できるよう準備を整えておいて下さい。相手も銃器を使用する可能性が十分にあります。現場では直接僕の指揮下に入って頂きます」

それから大幹部四人は再び訓練場に行き、ＳＡＴの隊員たちの挨拶を受けた。

帰りの車中、大石刑事部長はＳＡＴの迫力に圧倒され続けていた。

「うちのＳＩＴもあのくらいまで練度を積まなきゃいかんな」

白川警備部長がそれを受けて大石をからかった。

「お前、柔剣道大会の選手を集めるんとちゃうで、こっちら元手がかかっとんや。なあ藤江、そやろ」

助手席に座っている藤江は急に話を振られ、後ろの先輩たちを振り返った。

「確かに、捜一の猛者とは根本的な質が違うと思いますよ。あの中隊長もおそらく生え抜きでしょう」

「そんな感じだったな。今時珍しい、大日本帝国陸軍の若手将校のようだった」

大石刑事部長は、まるで異文化に接したような感慨から抜け切らずにいるようだ。白川警備部長は自分の配下なだけに、SATに対して現実的な認識をもっている。

「そりゃお前、機動隊同様に彼らは規律だけで支えられとんのや。昭和六十年の一〇・二〇が最後の戦いやったが、俺はそのとき現場におったがな。目の前で仲間が叩き殺されたんや。あの三里塚《さんりづか》は今でも忘れん」

昭和六十年十月二十日、極左暴力集団と警察の街頭における最後の衝突があった。成田国際空港建設をめぐっておきた、いわゆる「成田闘争」である。警察無線は極左グループの妨害電波で寸断され、デモ隊が電信柱のような丸太と鉄パイプ、火炎瓶、投石をもって警察部隊に怒濤のごとく押し寄せた。詳細な公表こそされなかったが、警視庁機動隊に数名の死者を含む多くの負傷者を出すに至った。これを契機として、警察無線のデジタル化も進んだのだが——。

この頃の闘争現場を経験した警察官もすでに四十半ばになっている。その後の機動隊員は、訓練のみでしかこのような命がけの戦いを経験していない。

「そうだな、一〇・二〇は酷かった。いまは時代が違う……」

少し間を置いて、藤江がふたりの会話に割って入った。白川警備部長のほうに向き直っている。

「部長、これから直ちにSATの出動準備をお願いします。目的地は軽井沢です」

白川警備部長、大石刑事部長とも咄嗟に理解したのだろう、すぐに厳しい目つきに変わった。この男は、何食わぬ顔で訓練を視察していたが、ずっと考えていたのだ、SATをいつ投入するべきかと。軽井沢だったのか――。

「私は航空隊へリポートから軽井沢警察署に直行いたします」

藤江はふたりの部長にそう告げて、その場からデスクに連絡をとった。デスクではすでに要員の派遣態勢ができていた。死者を出してはならない。子ども、SATの隊員、特別捜査室の捜査員、誰もやつらには殺させない――藤江は自らに誓っていた。

一一：〇〇

午前十一時、軽井沢警察署の署長室に藤江はいた。応接セットの椅子に藤江が座っている。五味署長は緊張した面持ちで向かい側のソファーに腰を下ろした。

「署長、その別荘の持ち主は把握できていますか?」

五味の顔はますますこわばってきた。

「昔からの別荘はだいたいわかっておりますが、新興となりますと、所有者と面会するチャンスもほとんどないのが実情です。駐在も、日々の応対に追われているのが実情で……」

額に噴きだす汗を手でぬぐいながら、署長は申し訳なさそうに声を小さくした。軽井沢警察署と言っても署員は全部で百人もいないはずである。警視庁と同じ感覚で話をしてはならない。

警察庁の監察を受けているような心理状態なのか、すっかり落ち着きを失った署長に、藤江は同情していた。

「それはそうでしょう。やむを得ないことだと思いますよ。警視庁だって実質どれくらいの把握率があるのか分りません」

あえて署長のほうを見ないようにして、応接セットのテーブル上に並べてある航空写真と住宅地図を見比べていると、署長が身を乗り出して説明を始めた。

「ここが訴え人のニック・ビルド氏の家です。地図には出てないですが、この写真の家がそうです。背面の山の部分は回りを有刺鉄線で囲っています」

「なるほど、これはヘリを飛ばして詳細な航空写真を撮ったほうがよさそうだ」

藤江は東京からのヘリに同乗してきた捜査員に直ちに指示を出した。

「ところで、今回、警視庁さんはどれくらいの態勢を組まれていらっしゃるのですか」

「はい、私の直轄である特別捜査室から二個班二十人、ＳＩＴ一個班十人、ＳＡＴ一個班十八人の四十八人です」

署長はそのスケールの大きさに舌をまいた。

「さすがですね。ところで、広域暴力団の極興会系弘辰会がどうして軽井沢に拠点を置いているのでしょうか？」

「ああ、それもお伝えしていませんでしたね、奴らは以前にも軽井沢で同様の拉致をやったことがあるんです。そのときは誘拐というより、監禁と強要で処理しましたが……」

「それから、極興会系弘辰会といえば経済ヤクザでしょう。今回の被害者側、日美商会とはこれまでに争いはなかったのでしょうか？」

「おっしゃるとおり、弘辰会の組長は極興会若頭の伊丹勝《いたみまさる》で、経済ヤクザなのですが、去年、けん銃不法所持の事件が高裁で無罪となって、意気揚々です。国家賠償訴訟もかけられるでしょう。日美商会に対しては、流通業界独特の倉庫関連事業で港湾を含めた問題が起こっていたようです」

「けん銃不法所持事件はいつの話なのですか?」

「発生は平成十二年です」

「ずいぶん長くかかったものですね」

「一審は有罪だったのですが……。その後に弁護士として付いたのが、うちの特捜研に講師で来ていた方で、すっかりやられてしまいました」

「ははあ。それはまずかったですね。以前、関東管区警察学校で講師をしていた弁護士も弁護士法違反で捕まったし、やはり講師で検事上がりの弁護士は、テレビで『警察官にけん銃を持たせるな』なんて言って、講義をボイコットされたことがありました。これからは講師も選ばなきゃいけませんね」

これには藤江も同感だ。

「ところで、今後の予定はいかがいたしますか?」

署長の口調には、これからの仕事への期待が込められている。これに対して藤江は至極冷静に答えた。

「連絡を待ちながら、奴らの別荘に特殊装置を仕掛けて内情を探ります。できれば一網打尽にもっていきたいところなのです」

藤江からの指示を受けヘリに乗り込んだ捜査員は、軽井沢上空で三十分間、数回巧みにホバリングをしながら、赤外線センサーなどありとあらゆる装置を使って問題の別荘とその周辺の撮影を行った。別荘の塀にはセンサーが取り付けられ、背後の山中にも熱感知センサーが設置されていることがわかったが、隙だらけで、捜査員が忍び込んだルートも盲点になっていた。

ヘリからの撮影写真の分析により、別荘内には大人六人と子ども一人の動きがあることが確認された。

午後一時にSATメンバー到着の報告があった。

いまのところ被害者の少年は無事なようだが、本人の生の姿が確認されたわけではない。藤江は、到着間もないSATのメンバーから数人を先行隊として敷地内に潜入させ、別荘内部を撮影する手はずを整えた。

幸い、周辺には身を隠す場所が無数にある。建物の構造は赤外線とX線カメラによりほぼ明らかになり、別荘全体の詳細な図面もすでに作成されていた。

は考えていた。事件が長引く可能性が出てきたら、被害者の生存が確認された段階での突入も藤江

先行隊から別荘内部の写真が次々に届いた。特別捜査室が使用するドイツ製の特殊監視装置は、数分間ならば体温程度の残温も探知できる温度センサー機能付きカメラだ。暗視スコープ機能も付いた画像送信も可能なハンディー型である。

送られてきた画像によると、被害者の少年は元気な様子で、テレビゲームを与えられているようだ。建物の正面の窓には防弾ガラスが使われているが、背面は普通のガラスだということもわかった。

一四：〇〇

軽井沢警察署の講堂に捜査員全員が集められ、捜査会議が開かれた。

雛壇中央に藤江特別捜査官が私服で、五味軽井沢警察署長が制服で、SAT、SIT指揮官がそれぞれの装備服で座り、右端に司会役の事件第一担当管理官が着いた。

全員が揃って起立したところで、司会が口を開いた。

「ただいまから『暴力団組織による身代金目的誘拐事件』捜査会議を開きます。藤江特別捜査官に、礼！」

一同相互に礼をして着席した。

この会議には、付近の交通整理要員として軽井沢警察署員も十人参加していた。

「では、今回の人質救出作戦について説明いたします。まず初めに、現時点で被害者の少年の生存が確認されました。いたって元気のようです」

この藤江の一言で、大きな歓声と拍手が沸き起こった。ここにいる誰もが最も知りたかったニュースなのである。会議室に生気が宿ったような感覚を全ての捜査員が感じたのだろう、場の雰囲気が一気に変わった。

「続けます。本日の警備符号はゼロX、指揮系無線はゼロ1チャンネルを使用いたします」

早速、指揮系統を確認した。数ある符号の中からその日に使用する警備符号、警備無線のチャンネルを設定するのだ。それらは最高機密である。

「次に目的地周辺の概要説明に入ります」

プロジェクターに現場周辺の航空写真、平面写真が地図と交互に次々と映し出される。いつの間にこれだけの情報が集められたのか——捜査員たちは感心しながら配布資料にメモを入れ、一つ一つを詳細に確認していった。これらすべては軽井沢からデータを受け取った警視庁本部内の大谷久美子率いる分析デスクが総力をあげて作成したものだ。

「次に、屋内の状況についてご説明致します。お手元の資料二を確認ください。まず、正面ですが……」

屋内の構造も見事に解明されていた。突入順位から使用武器の種類、時間ごとの赤外線スコープの使用切り替え時期、閃光弾投入時の諸注意について藤江は何の資料も見ることなく淀みなく説明を続ける。

これには、捜査員だけでなくＳＡＴの隊員も感銘を受けている様子だ。軽井沢警察署員は、この場にいること自体に興奮と感激を覚えているように見える。

「最後に、現在、被害者宅では犯人からの要求を待ち続けている状況です。我々も、その動きに合わせて行動を起こしますが、午後六時まで被害者宅に動きがない場合には、午後六時のこちらの現場状況に合わせて行動を開始します。現在、午後二時三十分ですが、午後二時五十五分に全員、再度集合願います。それまではスタンバイでお願い致します。以後、それぞれの指揮官の指示を各待機場所で受けていただきます。以上。何か質問は？」

捜査会議というより戦術会議の様相を呈していたが、緊張感は持続されていた。なにより、被害者が元気であることが捜査員の心を支えているのだった。

一四：四五

米澤管理官は高木主任らとの朝を田園調布にある重田邸のリビングで迎えていた。高木は時折、ホテルのスイートルームのような客用の個室で休息を取ったが、米澤管理官はリビングのソファーで寝起きした。しかし、うたた寝はするものの、熟睡はできなかった。昨日の夜、横浜中華街で五千万円を犯人グループに引き渡して以降、今朝方まで被害少年の安否を確認することができなかったからだ。

今朝、藤江室長から「これから軽井沢に飛ぶ」との連絡が来たとき、久しぶりに自分の体に生気が湧いてくるのを感じた。しかし、自分はここに留まるしかなかった。何ともやるせない気持ちになったが、被害者の無事を第一に交渉を進めるのは自分をおいて他にない。被害者の両親の気持ちを考えると、ここにいて苦しみを共にしてあげたいと思う。

既に重田明子は憔悴しきっており、朝、リビングに顔は出すが、食事の準備などすべてお手伝いさんにまかせっきりだ。孝蔵は会社を休み、米澤と行動をほとんど共にしている。

午後一時四十分に藤江から「被害者は現時点無事」の報と共に、悠斗少年の笑っている画像が届くと、全員が涙を流して喜んだ。親にしてみれば、今すぐ救出して欲しいという気持ちだろう。それは重々わかっている。そこをなんとか諭すのも米澤の役回りなのだ。その代わりに三十分ごとに、悠斗少年の画像を送ってくれるよう依頼すると、藤江も同じことを考えていたらしく、できるだけ笑顔の姿を選んで送ってくれている。明子はその度に涙を流し、写真に手を合わせて「悠斗、頑張って」と祈っていた。

「うちのトップ、藤江室長は若いですが、有能で通っている立派な上司なんです」

米澤はそう言って、被害者の家族を安心させようと努めている。

「どちらにしても、あと数時間でご子息は無事に救出されます。それまで、われわれも元気を出して、犯人グループと戦いましょう。奴らはまだ、自分たちが追い込まれているとは気づいていません」

笑顔を浮かべて励ます米澤に、孝蔵がこちらも笑顔ながら涙ぐんで応える。

「私も、精一杯役者をやりますよ」

午後二時四十五分に電話が鳴った。犯人グループからだった。

「専務さんかい」

「はい。連絡をずっと待っていました。悠斗は元気ですか」

「ああ、元気にしている。残念ながら声を聞かせてやることはできないが、それは保証しよう」

「しかし、声を聞かないことには」

「どちらにしても、あと二十四時間以内には無事にお返しする」

「二十四時間以内ですね」

「そうだ。この前は奥さんにご苦労だったと伝えてくれ。確かに金は受け取った。これから指示を出す。ちゃんとメモをしろ」

「ち、ちょっと待ってください。……どうぞ」

「今度は専務さんご自身に金を運んでもらう。二十分以内に車で家を出て、環八を北上してほしい。それから改めて指示を出す。携帯電話を持って行け。番号を教えろ。これまではそちらが我々の言うとおりにしていたことを確認した。くれぐれも変な気だけは起こさないことだ」

「わかりました。息子は、悠斗はどこで引き渡してくれるのですか」

「我々が金を確実に受け取ってから連絡する。罪もない子どもを死なすようなことはしたくないからな」

電話が切れた。孝蔵は米澤管理官の顔を見てようやく小さく笑った。

「立派な役者さんでしたよ」

米澤も笑顔で答えたが、すぐに真顔になって呟いた。

「さあ、これからが正念場だ」

そして直ちに藤江に連絡を入れた。

「米澤でございます。今、犯人から要求がありました」

「そうですか。行き先はどちらでしょうか」

「はい、環八を北上するように求めております」

「なるほど、関越に入る可能性が高いですね。警視庁本部からバイクチームを派遣しましょう。現場の指揮は米澤管理官にお任せいたします。軽井沢まで高速を通ってまっすぐのこのこやって来るとは思えません。川、もしくは一般道、新幹線も考慮に入れる必要があると思います。特に捜査員が手薄になる県境は要注意です」

「了解」

米澤の考えもこれに近かったが、河川の可能性まで考えるとなると、態勢の取り様がないのが実情だ。米澤はしばらく熟考し、孝蔵に向かって言った。

「ところで、重田さんは関越道はお詳しいですか？」

「はい、私どもも軽井沢に別荘を持っておりますし、藤岡にはよくゴルフに参りますので、あのあたりの道はだいたいわかります」

なるほど。それはそうだ。日美商会の専務ともなれば、軽井沢に別荘のひとつやふたつあっても不思議じゃない。

「さあ、我々も準備しましょうか」

気を取り直した米澤が声を上げたそのとき、音声分析班からの連絡が入った。

「管理官、逆探知はできませんでしたが、九段北のビルからの転送であることが判りました。また通話者は声紋から、初めの電話の相手と同じです」

「よし、その電話の発着信記録を令状請求して取っておけ。それと、室長に群馬、埼玉両県にNシステムなど通過車両手配依頼をするかどうか確認をとっておいてくれ」

そう言うと、米澤は自らが陣頭指揮を執るかのような勢いで立ち上がった。

「指揮官車を出すぞ。奥さんと高木主任はここに残ってくれ。それから、専務さんの携帯電話の秘聴準備はできてるな」

「すべて完了しております。また、ランドクルーザーにはGPSを設置しております」

　高木主任が答えた。

「現金バッグに細工はしているのか？」

「いえ、今回もしておりません」

「それがいいだろう。奴らも最低限のチェックはするだろうからな。ランクルに同行する車両は三台で行く。本部の遊軍を先着させておけ」

　米澤は的確な指示を出すと、屋敷の外周をチェックしている遊撃部隊と連絡を取り、周辺のクリーニング状況を確認後、先に重田邸を出てエルグランドの指揮官車に乗り込んだ。午後三時を回ったところだった。


「指揮官車から各局あて、現時点開局、本日は晴天なり、本日は晴天なり、本日は晴天なり。こちらの通話いかが。どうぞ」

　無線機に向かい、米澤管理官が軽井沢警察署内に設置された指揮所に呼びかける。

「指揮所から指揮官車あて、本日は晴天なり、本日は晴天なり、本日は晴天なり。指揮官車のメリット五。こちらの通話いかが。どうぞ」

「同じく指揮所のメリット五。以後指揮官車を『マル遊一』と呼称する。以上。マル遊一」

　無線機開局の連絡と無線レベルの確認が済んだ。「メリット五」は極めて良好な感度で通話ができている状況を示す。

「マル遊二からマル遊一あて、マル対出発、随時同道する。どうぞ」

「マル遊一、了解」

　孝蔵が運転する車両（マル対）が出発し、これに捜査員の車（マル遊二）が後続する旨の連絡が入った。

　犯人グループがどこで監視しているかわからないため、車の順序を適時入れ替えながら追尾する。今回、マル対の車にはＧＰＳ発信器が取り付けられているため、指揮所とマル遊一の指揮官車では地図上で常にマル対の車両の位置は確認できる。

　普段恒常的な渋滞がある環八は比較的空いていた。荻窪を過ぎ井荻トンネルを経て、谷原交差点を左折すると、間もなく高架道路に入り、そのまま関越道練馬インターに続く。

　孝蔵の車が井荻トンネルを出たとき、携帯電話が鳴った。孝蔵は一旦車を路肩に寄せて停めた。

「専務さんかい？」

「はい」

「谷原の交差点を左折して、そのまま関越に入れ。次はまっすぐ高坂サービスエリアに入れ」

高坂サービスエリアは関越道の埼玉県内中間地点にあたり、ここからは県内どの方向にも逃走することができる。米澤はこの通話を傍受しながら、次の一手を考えていた。

「よし、高坂まで先行しよう」

指揮官車は、オービス（自動速度違反取締装置。警察の隠語で「ねずみ捕り機」）に注意しながら制限速度をやや上回る速度で走り、孝蔵の車よりも十分早く高坂サービスエリアに到着した。このときにはすでに高坂サービスエリアに関する詳細な情報が届いていた。航空写真と地図で確認すると、注意を要するポイントが幾つかあった。

間もなくバイク部隊が到着した。

米澤は犯人グループが監視していることを念頭に置いて、バイク部隊の一部をサービスエリア管理者と接触させ、緊急時の外部道路への出口を確保させた。

孝蔵が運転するランドクルーザーが本線からサービスエリアに到着した。休憩所正面の駐車場に駐車したが、犯人からの連絡が入らない。

　孝蔵が到着して十分ほど経ち、ようやく携帯電話が鳴った。

「専務さん、到着したかな?」

「はい。建物正面に駐車しています」

「よし。それでは今から言うとおりに動け。ゆっくりハザードランプをつけながら、建物を一周しろ。ゆっくりだ」

　通話を傍受しながら米澤は緊張した。どこかで接触する可能性が高い。建物裏側には一般道への出入り口がある。バイク部隊の一部はすでに外でも待機している。

　孝蔵はハザードランプをつけて車をゆっくり発進させた。建物の裏手まで進んだが何の指示も出されなかった。建物を一周して再び駐車場に戻ったそのとき、

「関越を新潟方向に向かえ。上里《かみさと》サービスエリアまで行って指示を待て」

　敵は行動確認のため、孝蔵にそのような指示を出したのだ。こちらの動きを十分に警戒していることが分かる。

　米澤は直観した——犯人はやはり群馬方向に動いている。この場はダミーだ。上里サービスエリアから本当の動きがある。

　上里サービスエリアは埼玉県の端、すぐ先の川を越えれば群馬県だ。藤江が言って

いた「川と県境」が両方ある場所である。

「マル遊一から各局宛て、上里サービスエリアに緊急マル転。バイク部隊はサービスエリアの管理者対策を実施のうえ、同所からそのまま半数は一般道に降り、直近の河川、県境対策に当たれ。半数は現地にて続報を待て。現在時、同所までオービス、高速隊車両はなし」

「マル転」は転進を意味する。「オービス、高速隊車両はなし」とは、「スピード違反も関係なく急げ」という裏の指示である。

一四：五五

二時五十五分、捜査員全員が個別の指示を終了し、軽井沢警察署の講堂に再集合した。

藤江ら特別捜査室員は犯人グループの別荘を視察しながら、そこにいる六人全員の面割りをこの時間までに終了していた。六人の顔写真と名前が記された紙が全員に配布された。司会の管理官が、

「気を付け。藤江特別捜査官に礼。休め」

警察では号令をかける際に「起立」「着席」とは言わず、「気を付け」「休め」という軍隊式の号令をかけるのが特徴だ。

「それでは、出動前の最後の確認をいたします。十四時四十五分に身代金要求が入りました」

連絡員が凜とした声で告げると、場がどよめいた。続いて連絡員から詳細が報告される。

「グループの背後関係についてはほぼ解明できております。被害少年の生命身体の安全確保を最優先するため、本日中に救出作戦を決行いたします」

講堂内にピンと緊張が走った。この様子を確認するかのように、ゆっくりと周囲を見回した藤江は、

「それでは現在、午後二時五十八分です。二分後の午後三時の時報で一斉にみなさんの時計の秒針を合わせて下さい」

三時の時報で全員が時計の秒針をセットする。この瞬間、全員の意志が一致するのだ。

「なお、現場への一般車両の通行を一時規制いたしますので、十五分ちょうどに出発いたします。途中一般車両の進入はありませんが、地域内には二百戸近い別荘があり

ますので、ＳＡＴの方々は慣れていらっしゃるでしょうが、降車後は目立つことのないよう、細心の注意をもって行動願います。さらに、身代金受領者が到着すれば、敵が増える可能性もあります。また、待機時間が長引く可能性もありますが、逐次情報は連絡いたしますので、所定どおり、出発を願います。以上」

一五：一五

軽井沢警察署のバスや指令車に乗り込んだ捜査員は、三時十五分に四台の車列を組んで署を出発し、中軽井沢方向に向かった。

町役場の先のＴ字路を右折したところで、署員が交通規制を行っていた。その立て看板に「熊出没、現在交通規制中」と記されている。このあたりでは熊情報と猿情報が毎日流されているのだ。

配置員の配備完了報告が次々に指揮所に届く。現場指揮官の藤江が警視庁本部の総合指揮所に配置完了を報告したのは四時五分だった。

ＳＡＴ一個班とＳＩＴ一個班は先行隊が築いてくれていた進入口から、易々と敷地内に入り込み、すでに狙撃班との打ち合わせの交信をしていた。これからＧＯサインが出るまでの沈黙が捜査員にとって非常に長く感じられるのだが、コンセントレーションとモチベーションの持続は十分に訓練されていた。

一七：三〇

料金所も比較的空いていた。上里より先の関越自動車道にはオービスこそ少ないが、高速隊の覆面パトカーが多いため、スピード違反だけは注意しておかなければならない。米澤管理官はこの点について重田孝蔵に十分に伝えた。時速百キロちょうどで走行し、上里サービスエリアに着いたのは午後五時三十分だった。孝蔵はサービスエリアの建物正面に駐車した。車を降りることなく、また四方を見回すこともなく、ゆっくり深呼吸をした。

すぐに携帯電話が鳴った。

「やはり、見張られている……」孝蔵は心のなかでそう思ったが、一方では息子・悠斗の安全が報告されているため、気持ちとしては少し楽だった。

「専務さん早かったな。誰もついてきてはいないようだ。これからは携帯を切らずに運転をして貰う。まず、そのまま車を出して藤岡ジャンクションを長野方向に進め。

ジャンクションに入ったら路肩に入ってハザードを付けろ。故障車のようにゆっくり進め」

「わ、わかりました、息子は、悠斗は無事ですか」

「ああ、無事だ。五時間もしないうちに無事が確認されるだろう。さあ、出発してもらおうか」

「ちょっと待ってください。一度、トイレに行かせてください。緊張していて、どうしようもないんです」

「困った人だ。仕方なかろう。大事の前だからな。一旦電話を切る」

これも予め打ち合わせた通りである。犯人グループは獲物がすぐ近くまできているので、焦りもあろうが、ここで事故やトラブルがあっては元も子もない。彼ら自身も冷静にならなければならない。こういうときにトイレ休憩というのはお互い実にありがたいタイミングなのだ。

米澤管理官は、河川・県境対策班には、車両通過時まで現任務続行の指示を出し、バイク部隊十二台のうち四台を先行させ、捜査車両の二台とともに上里サービスエリアを出発。次の藤岡インターチェンジで降りて、高速道路に沿った道路の監視に入った。藤岡インターチェンジの出入りと付近のNシステム解析については、警視庁本部から群馬県警を通じて緊急手配がされていた。

　重田孝蔵が車に戻ると、すぐに携帯電話が鳴った。

「専務さん、準備はいいかい？」

「はい、大丈夫です」

「ところで専務さんは高速道路の標識で、『高速道路の下に道が通っているから雪を落とすな』という印を知っているかな」

「いえ、そういう標識は見たことがありません」

「そうか、ではこれから目的地までのあいだでそれを確認しておくことだ。黄色と青で十字と枡形のマークの小さな標識があったら、その標識と標識のあいだは投雪禁止区域で、高速道路の下に川やトンネルもしくは近くに人家があることを示している」

「ほう、初めて知りました」

「標識を確認したら、確認したことを知らせなさい」

「はい、わかりました」

「現金は車のトランクのなかかな？」

「いえ、後部座席にあります」

「容器は？」

「はい、特殊な樹脂のようです」

「よし、ではゆっくり出発しよう。警察はいないようだが、変なところで捕まっては困るからな。携帯電話はこのまま耳に当てておきなさい」

「わかりました」

　上里サービスエリアから本線に車を進めると、すぐ神流川《かんながわ》を越える。道路標識でも確認できたが、ナビも「群馬県に入りました」と案内の音声を出した。

　川を渡ったところで「藤岡ジャンクションまで一・五キロ」の道路標識が出てきた。犯人が言っていた道路標識も確認したので、孝蔵は報告した。

　道は空いていた。藤岡ジャンクションまでは、あっという間だった。

　携帯電話から、

「長野方向にゆっくり進め、もうハザードを出していい」

　と指示が聞えた。おそらく犯人グループは近くで見ているのだろうが、後続車はない。ウインカーを左に出してジャンクションを長野方向に進むと同時にハザードランプをつけた。時速は二十キロ。ジャンクション内では路肩が狭いので、道路の左側白線を跨いでゆっくり走行したが、二車線あるため、後からくる車は容易に追い越していく。

カーブを曲がりきって、新潟方向から来る道路との合流が近づいたとき、
「左側の高圧線の鉄塔が大きな杉の木で隠れて見えなくなったところで車を停めろ」
と犯人は言った。その場所に、ジャンクションの下に道路があることを示す標識があった。

左手十一時の方向に高圧線の鉄塔が見える。大きな杉の木もある。孝蔵は車を徐行させ、所定の場所に停めた。

「よし。そこからトンネル脇の土手に金を落とせ」

「はい」

孝蔵はジャンクションの路上に降り、車の前方を回って後部座席の扉を開け、現金が入った黒色のトランクを出した。一億五千万円が入ったトランクの重さは十五キロにもなる。これを抱え上げ、柵の上から土手に放り投げる。綺麗に刈られた斜面をトランクが滑り落ちていく。その脇にトンネルがあることがわかった。

「ごくろうさん。次の藤岡インターで高速を降りて、そのまま東京に戻るんだ。金を確認したら五時間以内に必ず息子は解放する」

「はい。お願いします」

孝蔵は、フェンスの外に投下したトランクの行方が気になったが、振り返ることな

く車を出発させた。

米澤管理官は、孝蔵の車が何事もなく県境の神流川を通過したとき、ようやく汗が引く思いがした。現場から、高速沿いの川原に船外機が取り付けられたゴムボートが二艘係留されており、サングラスをかけた男四人が人待ちをしているという報告が入っていたからだ。もしこれが犯人グループだとしたら、追跡は不可能に近い。

米澤は先行バイク部隊に指示を出した。

「マル遊一から各局宛て、マル被の拠点入りまで秘匿追尾せよ」

間もなく、関越道と上信越道との合流地点である高速道路の藤岡ジャンクションに沿った側道に、犯人グループと思われる黒いベンツのステーションワゴンが到着した。助手席と後部座席から二人の男が出てきて、先ほど孝蔵が柵の外に放り投げた特殊樹脂でできたトランクを拾い上げ、ベンツのハッチバックを開けて中に入れると、ゆっくりと発進した。

時間は午後五時五十分。この状況は上里サービスエリアから先行して出たグループが確認し、逐次報告されていた。

ベンツを追尾するバイク部隊も参加している。

ベンツは高速の軽井沢方向には入らず、関越自動車道下りに入って、高崎インターチェンジで降りると、高崎市内に入った。十分な下見と経路を確認済みらしく、信号無視、急発進に方向転換など、あらゆる手法を用い、さらに見通しのいい一本道の農道や裏路地を通って追跡防止を図っている。

追跡グループはバイク十二台と車両四台が相互に連携をとり、逃走方向を予想しながら粘り強い追跡を行っている。バイクがベンツを捕捉すると、指揮官車に報告してさらに犯人グループのここからの逃走方向をコンピューターで推測する追跡手法を取った。

すべてのバイク、車両には広角カメラが設置され、カメラからの転送画像をデータ化する。運転者が見逃しても一瞬でも逃走車両をカメラがキャッチすれば、直ちに電子地図にその場所が示されるのだ。このような捜査手法はこれまでなかった。

バイクの種類も千二百ccから百二十五ccまで様々だ。高速道路に適したものから、山道も走れるものまであらゆる車種をそろえていた。これも藤江の発案で、公安捜査で極左グループを追跡する手法を用い、バイク部隊の全員が茨城県内にあるトレーニングセンターで、まさに血を流しながらの過酷なトレーニングを積んできたのだ。メンバーの中にはモトクロスやスーパークロス選手並みの運転テクニックを身に付けた者も何人か育っていた。

高崎市内で三十分近くの迷走運転を終え、犯人グループは市内で一番グレードが高いシティーホテルの地下駐車場に入った。

金の受け取り役は三人で、二人がカート付きの大型旅行バッグを一つずつ持ち、一人が特殊樹脂のトランクを持って、地下駐車場からフロントに上がってきた。この動きは、追跡していたバイク部隊から報告されていた。

ホテルのフロントにはすでに捜査員が到着していた。犯人グループはフロントに着くと、すでに予約を入れていたのだろう、十二階のダブルルーム三室にそれぞれチェックインした。

直ちに群馬県警を通じて、この三部屋の電話の発着信を傍受する手続きが取られるとともに、秘匿の超小型高感度盗聴用具が客室入り口のドアにセットされた。

ホテルに対しては、同じフロアの客をできる限り移動させる措置を依頼したが、幸い客が入っていたのは二室だけだった。宿泊客はセミスイートルームへの移動願いをすると、喜んで応じてくれた。この金も、最後は犯人に請求する。

犯人グループは一つの階に三つ並んだ部屋を取っているので、この部屋の正面と非常口前、エレベーターに一番近い部屋を捜査陣がキープした。このエレベーター前の部屋に米澤管理官が入ったのは、午後六時三十分過ぎだった。

ここまで犯人グループを追い込んだ。米澤は嬉しかった。この成果を素直に喜んだ。これだけの装備を持った追跡チームは日本中どこを探してもないだろう。コンピューターを駆使した逃走経路の予想など、犯人グループには考えも及ばないに違いない。

組織力、とりわけ有能なメンバーが集まったことに米澤は感謝した。

そのとき、仕掛けた盗聴器から犯人の声が聞こえた。

「兄貴、金を受け取りましたぜ。今数えてますが、一億五千万、間違いなく入ってますし、発信器も付けられてません」

「はい、ガキはどうするんで……」

「わかりました。手はずどおり、金は七時に高崎駅の新幹線改札口で渡します」

「はい、新潟も大変でしょう。……それでは」

米澤管理官は犯人グループの会話を聞きながら藤江と電話で話をしていた。

「新潟ってなんでしょうね」

「第三者に渡すのかもしれませんね。追尾要員を二人付けておいてください。新潟県警には駅前にバイクを用意させておきます。奴らが金を渡した段階で身柄の確保をお願いします。こちらもそれに併せてGOサインを出しますのでよろしく願います」

「はい、こちらがスターターですね」

「すべては管理官の指揮にかかってますのでよろしくお願いします」

「了解」

エレベーターホールから一番奥の部屋、犯人グループ三人のなかで兄貴分にあたる男の部屋で、特殊樹脂のトランクから取り出した現金を、持参した二つの旅行バッグに詰め替える作業が行なわれたのだろう。子分二人がそれぞれ旅行バッグを持ち、六時五十分に部屋を出た。

高崎駅までは徒歩で五分とかからない。追尾する捜査員二人はすでに新幹線改札口内でスタンバイして、秘匿のカメラ撮影をしていた。

七時——朝鮮系の顔立ちをした男二人が、犯人グループを見つけるなり挙手の挨拶をしながら近づいてきた。四人はそれぞれ改札の柵を挟んで握手を交わした。何やら話をしたあと、朝鮮系の男たちに旅行バッグが手渡された。取引のような雰囲気だ。朝鮮系の二人組はコリア語で会話をしている。再度、改札越しに握手をすると、朝鮮系二人は新潟行き新幹線ホームのエスカレーターに乗った。

ホテル内では、兄貴分がテレビを観ながら携帯電話で話している。

「ご苦労さん、一旦ホテルに帰ってこいや、今晩はパッと飲みに行くか」

米澤管理官がこれを盗聴器を通して聞いている。

「さて、行くか……」

米澤は待機させていたベルボーイを呼び、兄貴分の部屋のチャイムを押させた。

「誰だ」

ドスの利いた声がした。

「ベルキャプテンと保安係でございます。おくつろぎのところ誠に申し訳ありません。火災報知器の異常発報がございまして、感知器のチェックに参りました」

「ん？　ここは禁煙じゃないだろう」

「はい、感知器の故障かもしれませんが、点検と確認をさせて頂けませんでしょうか」

「仕方ないな、ちょっと待て」

男は扉の安全金具を付けたまま覗くと、廊下にいるベルキャプテンと愛想の良さそうな大柄の紳士が申し訳なさそうに頭を下げている。これを確認すると、安全金具を外した。

「早くしろよ」

扉を開けると、大柄の紳士は、

「申し訳ありません。感知器はこの奥の天井にありますものですから、脚立を使わせて頂きます」

と言って一旦扉を閉めて捜査員を呼ぶと、再度扉を開けた。そのとき、三人の屈強な男がズカズカと室内に入ってきた。

「身代金目的誘拐事件の犯人として緊急逮捕する。現在時、平成二十年八月六日午後七時〇三分」

高崎駅前でも、階段を降り、交番の前を通りかかった犯人グループの二人を六人の捜査官が囲んでいた。

「身代金目的誘拐事件の犯人として緊急逮捕する。現在時、平成二十年八月六日午後七時〇三分」

第八章　突入

八月六日　一九：〇七

軽井沢の山の中は、そろそろ暗くなり始めていた。

部隊は午後七時ちょうどに別荘内へ突入態勢を固めていた。

「指揮所から各局あて、M」

藤江は警備符号の「まもなく」の意を伝えた。全員に緊張が走る。

午後七時三分、身代金受領グループ逮捕の報が届くと、藤江は指示を出した。

「現時点マル害はBポイント、近くに犯人はなし。Aチームはマル害を確保せよ」

配置図で別荘内のポイントを確認する。

「狙撃班は応戦あれば狙撃せよ。ナイトスコープ解除準備」

予めナイトスコープを解除させる。ナイトスコープをつけたままストロボライトを発光させると、失明の恐れがあるからだ。犯人グループの動きは体温感知センサーによってすべて明らかである。

「指揮所から各局あて、秒読みを開始する、五、四、三、二、一、GO！」

別荘正面のガラス窓に百万本のストロボライトが一斉に放たれたような閃光が走った。

同時にガラスや扉が破壊される爆発音が響きわたる。再びナイトスコープがつけられた。十数名のＳＡＴとＳＩＴ隊員が各突入口から飛び込む。別荘内すべての電気が消えた。閃光後、暗視カメラでこの様子を見ながら藤江は立て続けに指示を出した。

犯人グループの一人が闇雲にけん銃を二発撃った瞬間、「ドゥ」と狙撃班のレミントンが音を上げ、人の苦しそうな声が別荘内で上がった。弾丸は左足付け根部分を貫通していた。

「マル害確保。無事、本人に間違いない」

「指揮所了解」

「マル被一名確保」

「マル被二名確保」

「マル被一名確保」

「マル害救出。怪我などなし」

「指揮所了解」

「マル被全員確保、照明点灯を乞う」

「指揮所了解。指揮所から各局、状況終了、命令、ナイトスコープを解除せよ」

「ナイトスコープ解除完了」

「指揮所了解、照明点灯せよ。ただいまの時間午後七時〇七分三十秒。人員装備を確認せよ」

「Aは人員装備異常なし」

「Bも同件」

「Cも同件」

「Dも同件」

「SAT指揮官から指揮所あて、本任務終了」

「指揮所了解、指揮所から各局あて、命令、現時点五四七。長時間の勤務ご苦労だった」

「五四七」は任務解除を意味する警備符号だ。

別荘正面に被疑者輸送用の車両と救急車が到着した。

重田悠斗少年は午後七時五十分に県立病院で診察の後、軽井沢警察署に無事到着した。怪我もなく健康状態もよい。寂しい思いはしたが、犯人たちは意外に親切で、ゲームソフトも買ってきてくれたという。犯人の一人は「一週間我慢をすれば、必ず両親の元に返してやるから、それまではわがままを言わず、言うとおりにすること」と、まるで学校の先生のような口調で話したという。

田園調布の自宅には救出の一報は入れてあったが、軽井沢警察署からのテレビ電話が久々の親子対面の場となった。明子は涙をこぼして喜び、悠斗は満面の笑みで手を振って「泣かなかったよ」と、元気にそれに応えていた。

二〇：一〇

午後八時十分、署内が事件解決で沸くなか、五味軽井沢警察署長は藤江に話しかけた。

「藤江室長、あの新潟方面に行った金ですが、今のままだと、奴らは商取引における『善意の第三者』を主張して、金をもって行ってしまうのではないかと」

「はい、実は私も、それを考えていたところです。暴力団が新潟の朝鮮系外国人と行う億単位の取引といえば、覚せい剤しかありませんけどね。それでも金の所有権が第三者に移転してしまっていることを考えると、強引には逮捕できません」

藤江は在韓国日本大使館勤務当時から北朝鮮による覚せい剤製造と密輸ルートを独自に調査していた。特に新潟方面には北朝鮮東部・元山港から出港してくるルートが増えている。一億五千万円を仕入れ値とすると、約二百五十キロのブツと取引することになる。極興会系弘辰会、しかも若頭の平沢ルートならばもっと安く買い叩いている可能性が高い。平沢がかかわっているとなると、彼が関与する多くのフロント企業を叩く絶好のチャンスにもなる。

「札には仕掛けはしてあるのですか」

「はい、少しだけですが。転びでもやりますか。どうせ奴らもまともな者じゃないはずだから」

この「転び」とは公安が被疑者の身柄を捕る際に最後の手段として使う手法——衆人の前で、被疑者に警察官である身分を明かし、相手が拒絶することを見越したうえで任意同行を求める。被疑者がこれに応じない場合、いかにも相手から暴行を受けたようにみせかけて、自ら転び「何をする、公務執行妨害の現行犯人として逮捕する」

というやりかたである。

五味軽井沢警察署長も警備畑ではあったが、転び公妨を実際に経験したことはなかった。

「被疑者の確保は新潟に任せるのですか？　大量の覚せい剤が出てくるかもしれませんよ」

「摘発は任せましょう。覚せい剤はうちのテリトリーじゃないですから、ここは察庁に任せるとしますか。広域捜査ということで最終的には警視庁、新潟、京都、大阪との合同捜査本部ってところじゃないですか」


それから一時間後、新潟駅の新幹線コンコースでは、大捕物が始まっていた。

藤江から連絡を受けて朝鮮系の男二人組を追尾していた捜査官が、新潟駅の新幹線改札口内で約束通りの職務質問を行ったのだ。

「おい、その金を持ってどこに行くんだ」

二人は一瞬ドキリとした様子だったが、初めは素直に「旅行者で東京から新潟に住んでいる友人を訪ねてきた」と答えた。パスポートもしくは外国人登録証の提示を求められると、一人が、捜査員に殴りかかってきた。しかし、この捜査員は逮捕術の警視庁代表選考にも入った男で、合気道と柔道を融合させた大技が見事に決まり、百八十センチ近い体軀の被疑者が一メートル以上ふわりと体が浮いたかと思うと、右手首を摑まれたまま、二メートル以上投げ飛ばされた。その場で俯せに返されて右手を後ろ手に固められて捻りあげられると、被疑者の男は「ギャー」という大声を出し、両足をばたつかせたが、捜査員が冷静に被疑者の右ふくらはぎを右足で軽く蹴ると、被疑者は「アイゴー」という悲鳴を上げて悶絶した。おそらく急所に革靴の先端が決まったのだろう。

「公務執行妨害罪の現行犯人として逮捕する」

後ろ手錠をかけられなくても、その場を動くことができない状況だった。

この光景を見ていた被疑者の相方は、突然逃走を始め、改札口を強引に蹴破ってコンコースに飛び出した。

他の乗降客はそう多くはなかったが、捜査員は一瞬、被疑者を見失ってしまった。逃走方向に向かって追いかけ始めたとき、前方で「ピピピー」という警笛の音が聞こえた。新潟県警の鉄道警察隊と駅を管轄する警察署が連携を図って逃走被疑者を追い詰めていたのだった。

被疑者はナイフを手に、柱を背にして制服警察官と対峙している。捜査員はゆっくりと近づき、制服の巡査に一言二言話すと、巡査は駅構内にある鉄道警察隊の交番に向かって駆けだした。

まもなく巡査は捕獲武器の一つである刺股《さすまた》を持参してきた。警視庁の捜査員はこれを受け取ると、被疑者の正面に立ち、U字形の先端を被疑者の顔面付近に目にもとまらぬスピードでフェイントをかけて突き出した。被疑者がこれに驚いて思わず攻撃を避けようと両手を顔面に持っていった瞬間、捜査員は刺股で被疑者の膝頭上部を挟んだ。

被疑者は「アイゴー」と悲鳴を上げると同時にその場に崩れ落ちた。

「よし、今だ！」

捜査員は素早く被疑者の側部に回り込み、さらに被疑者の両脇下に刺股を挟むかたちで突き出すと、被疑者はまるで親指と人差し指で挟まれて押さえつけられたカエルのような格好になってその場に俯せに倒れ、その拍子にナイフは被疑者の手から離れた。

「さあさあ、大人しくするんだ」

捜査員が左右の肩胛骨の間に「ドスッ」と膝を落とすと、被疑者は苦しそうに呻いて動きを止めた。

捜査員はゆっくりと手錠をズボンの後ろポケットから取り出し、後ろ手に両手錠をかけると、周囲で唖然としながらその光景を見ていた制服警察官に要請した。

「すいません、もう一人の被疑者と一緒に本署まで同行をお願いできますか？」

意外なほど穏やかな口調で言った。

二二：〇〇

重田親子が本当に対面したのは、夜十時、新幹線の大宮駅のホームだった。

「一分一秒でも早く会いたい、息子を抱きしめたい」という明子の要望で、その場所が選ばれた。先に両親と祖父母が到着し、悠斗少年はそれから遅れること十分、長野新幹線で大宮駅に到着した。

「悠斗！」

グリーン車から一番に降りてきた息子を母親の明子は強く抱きしめて跪《ひざまず》き、ただただ名前を呼ぶだけで涙をこぼしながら、息子の全身を撫でていた。

この光景に、孝蔵ら親族だけでなく周囲の関係者も涙を浮かべ、少年は恥ずかしそうな顔をしていた。

第九章　痕跡

警視庁刑事部捜査第一課の取調室ではパソコンを前にした杉本警部補が、誘拐犯人のひとり、竹内義彦《たけうちよしひこ》に相対していた。取調室内には立会の刑事がもう一人いる。

「竹内義彦、君は本日、長野県軽井沢で身代金目的誘拐の罪を犯したことで逮捕されている。この件で申し開きをし、弁護人の選任をすることができる。どうするかな」

「やったことは間違いありません。弁護人はもう少し考えてからお願いします」

刑事訴訟法上、犯人を逮捕したときは、まず、弁解の機会を与え弁護人の選任権を被疑者に告知して、これを書面に残さなければならない。この「弁解録取書」というのが、捜査官が逮捕被疑者に対して最初に作成する捜査書類なのである。

「次に、これからあなたに今回の事件のことをいろいろ訊くが、言いたくないことは言わんでいい。いいな」

「はい。わかりました」

これを供述拒否権の告知といい、被疑者供述調書には必ずこの旨が記載されている。調書の取り方も人それぞれだが、今回担当になった杉本警部補は被疑者の個人情報や経歴などの人定事項を後回しにして、まず、事件そのものについて聴取する手法を採った。この手の連中は人定事項を先に聴取すると、自分の殻に閉じこもってしまう傾向があるからだ。

どうしてヤクザの世界に入ったのか、最初の犯罪は、など余計な事を思い出させるのはあとでよい。今、杉本が知りたいことは一つだけだ。

杉本流の芝居がかった取り調べが始まった。

「しっかかし、おみゃあさんも、どえりゃー罪犯したもんじゃのう」

この言葉を聞いた被疑者の竹内は、思わず取調官の顔をみて、ふと口元を歪めた。いまどき、この年齢でここまでの三河《みかわ》弁を使う者は少ない。

「刑事さん三河ですか」

「何だ？　流暢な標準語に聞こえんか」

「はは、いや、久しぶりにコテコテの三河弁ですよ」

「まー、そりゃワシも今度は本気で怒っとるだで、言葉に出とんだで」

杉本は笑いもせずに相手と目を合わせながら、しかし、温情を湛えたような眼差しを注いでいる。

軽井沢の別荘で逮捕された六人のうち、組織内の序列から一番上の現場リーダー、竹内義彦を取り調べるように下命された杉本警部補は、直ちに被疑者のデータを調べた——前科四犯、恐喝と傷害に詐欺が二件の三十五歳。高校まで愛知県の三河で過ごしている。初犯は二十二歳と遅いが、このころに暴力団入りしている。詐欺はどちらも愛知県警で捕まっていた。この五年間は捕まっておらず、運転の違反もない。両親を早く亡くしているが、十歳上の兄が地元で小さな食品工場を営んでいる。彼はこの兄には頭が上がらないようだった。

取調官と被疑者は取調室で初めて対面をする。捜査官は出会いのときのその第一声に非常に頭を悩ませる。

何事も第一印象というものがあるが、取り調べは命がけの真剣勝負でありながら、一方で相手の気持ちを和らげ、気勢をそぐことも必要なのだ。時には宥《なだ》め、時にはすかして相手の本音を聞き出さなければならない。

杉本には天性の取り調べの才能があった。捜一に強引に引っ張られてくる前の少年事件課では、どんな「ワル」と言われた少年も、杉本の手にかかると容易に「落ちた」。人柄以上のものを四十五歳ながら身に付けているのだった。

杉本のもう一つの才能が、全国の方言を自由に操ることができる話術である。鹿児島に行こうが青森、秋田に行こうが、その土地の老人たちと孫と爺婆の会話のように話ができるのだ。大学時代、デパートで行われる全国物産展でアルバイトをしているうちに、全国の方言に興味を持ったという。

「おみゃあさんが、この事件を全て考えたわけじゃなかろう」

「いえ、自分で考えました」

「あのなあ、戦後日本で起こった身代金目的誘拐事件の中で、犯人が身代金を手にして逃げ切った事件は一件もにゃあだで。ゼロだで」

「そんなもんですか」

「おみゃあ、テレビや映画とは違うがな」

「まあ、捕まったわけですから……」

「ええか、ちょっとこの法律の条文を見てみい」

杉本は警務要鑑を取り出して刑法のページを開いた。

この「警務要鑑」というのは、警視庁職員専用の六法のような本で、警視庁警察官だけでなく、一般職員にも全員に毎年交付される、執務資料集である。

第三十三章　略取、誘拐及び人身売買の罪

（未成年者略取及び誘拐）

第二百二十四条　未成年者を略取し、又は誘拐した者は、三月以上七年以下の懲役に処する。

（営利目的等略取及び誘拐）

第二百二十五条　営利、わいせつ、結婚又は生命若しくは身体に対する加害の目的で、人を略取し、又は誘拐した者は、一年以上十年以下の懲役に処する。

（身の代金目的略取等）

第二百二十五条の二　近親者その他略取され又は誘拐された者の安否を憂慮する者の憂慮に乗じてその財物を交付させる目的で、人を略取し、又は誘拐した者は、無期又は三年以上の懲役に処する。

2　人を略取し又は誘拐した者が近親者その他略取され又は誘拐された者の安否を憂慮する者の憂慮に乗じて、その財物を交付させ、又はこれを要求する行為をしたときも、前項と同様とする。

（解放による刑の減軽）

第二百二十八条の二　第二百二十五条の二又は第二百二十七条第二項若しくは第

四項の罪を犯した者が、公訴が提起される前に、略取され又は誘拐された者を安全な場所に解放したときは、その刑を減軽する。


「なあ、わかるか？　おみゃあさんがやったんは、この『身の代金目的略取等』ちゅうとこ、『第二百二十五条の二』だで。この刑罰を見てみい。『無期又は三年以上の懲役』。ええか、この刑罰は殺人の次に重い刑罰なんや、おみゃあさんが、これからどんだけ正直に話をしても、今回の求刑は無期か二十年やな。おみゃあさんは今、三十五だで、いくら早くても娑婆に出てくるのは五十五だで、人生終わっとるで」

「そんなことあるかい。人殺しても十五年で出てきとるわい」

「ボケちんやな、殺人はもう被害者が死んどるんや、弁護士も『殺害された被害者にも非があった』とか何とか言うやろ。しかし、今度のおみゃあさんは違う。何の罪もない子どもを掠って、この子の『安否を憂慮する者の憂慮に乗じて』金を請求したんや」

「しかし、減刑とか恩赦とか……」

「ええか、身の代金目的誘拐に関しては、判決も満額回答や、労働組合の賃金闘争よりも、もっと確実に裁判官は満額回答を出す。求刑どおりや。おまけに、誘拐は恩赦の対象にはならん」

「ええっ。そんな……」

「おみゃあさんら、ヤクザもんが、なんでこんな身の代金目的の誘拐をせにゃいかんのか、わしにはわからんのじゃ。何か別の目的があってのことやろう」

「俺たちは、子どもは安全に解放するつもりだった。その前に警察に踏み込まれたんだ」

「答えになっとらん、ボケ」

杉本は藤江から本件のバックグラウンドについて聞き出すように言われていた。杉本自身もヤクザの手口にしては奇妙だという認識があった。ヤクザ者が一般人相手に、それも子供を人質に取ってわざわざ身代金欲しさに事件など起こすだろうか。

今回、すでに九人を逮捕している。取り調べには取調官と立会人をおく必要があるため、それだけで毎日十八人が必要となる。

これとは別に、特殊犯罪対策室は、このヤクザもんの本丸である、極興会系弘辰会の関連場所すべてにガサを打つ準備を早急に進めている。その場所も各種解析班が懸命の資料分析を行っているところだ。現時点で全国二十ヵ所以上がその対象となっており、六府県警に対して合同捜査の要請を進めている。

「おみゃあさん達が日美商会にそれほどの恨みがあったとは思えんのじゃ」

「いや、あそこは仁義に反する商売をしたから、叩かなければならなかった」

「それならそれでよー、もちっと、ちぎゃーやり方あっただでよー」

「食品に針や消毒液を入れることも考えたが、足が付きやすい」

「そんだけか？」

「他に、何がある？」

　被疑者の本当の狙いが何かを明らかにするには、いい加減な内容の動機をそのまま聴取しても意味がない。このために杉本警部補は日美商会の会社概要を調べあげていた。

「おみゃあさん、まだ勉強が足りんな。そんなたわけ事だけで、通じるとでも思うとるんかい」

「な、なにが足りないんだ」

「あの会社での売り上げのパーセンテージを考えてみい。看板商品のプライベートブランド冷凍食品やレトルト製品合わせても、おみゃあ、総売上のたったの三％だで。おい、竹内。誰に言われて誘拐さらしたんじゃ」

「誰って……」

明らかに竹内の顔に動揺が走った。彼は誘拐する理由をはっきりと教えられていなかったに違いない。総売上のわずか三%のために身代金誘拐という重罪を負わされたと聞いて、自分たちが単なる鉄砲玉と同じ扱いであったことに愕然とした様子だった。

「じゃあ、もう一つ訊くが、一億五千万円はどこへ運ばれようとしていたと思うとる?」

「それは、東京の事務所だ」

「ボケ、あれは、危うく北朝鮮に渡るところじゃったわい。このボケが」

「北朝鮮?」

杉本は、ジッと竹内の目を見た。すでに目は宙を泳いでいる。

「悪いが、おみゃあさんの頭じゃ筋書きは書けんわ。おみゃあさんは誰かに言われて、あの子どもを掠っただけ。身代金を要求したのもおみゃあさんじゃない。今は科学捜査の時代だで、鑑定すればみんなわかる。なんでもいいから、知っとること、みんな言うてしまえ。ただの『未成年者略取及び誘拐』で、三月以上七年以下の懲役だけじゃ。もしなにか別の目的があったのなら『営利目的等略取及び誘拐』で一年以上十年以下の懲役じゃ。営利誘拐と身代金目的誘拐だけでも、全く別の罪になるんじゃ。そこをよーく考えてみいや」

竹内は弱々しい目つきで杉本を見た。すでにヤクザもんの態度ではなかった。

杉本はパソコンのキーボードから手を離して腕組みし、目をつむった。彼がいつも被疑者と対峙して勝負をかけるときの癖のようなものだ。長いときには小一時間そうしている。立会人は杉本が眠ってしまったのではないかと思うときさえある。

竹内の落ち着きがだんだんなくなってくる。チラチラと杉本を見上げる回数が増えてきた。

「ウォッホン！」

立会人もびっくりするほど大きな咳払いをして、杉本がおもむろに目をあけた。

「本部の調べ室は空気が悪うてかなわん。ん？　どうした」

杉本の咳払いが、まるで雷が落ちたかと思うような驚きと、「いい加減にしろ」という合図のように竹内には感じられた。

「いや、あ、あの……」

「一人で背負って行けるほど甘い問題じゃにゃーがな。のう」

「は、はい」

「おみゃあさんは、なあも知らんのじゃろ。いいとこ現場責任者だわな」

「い、いや、そんなことは」

「まあ、おみゃあさんにも立場と面子《メンツ》があるやろうけどな。一つわしがようわかるように言うてちょうよ」

竹内はジッと杉本の顔を見た。杉本も視線を外さない。

「これは、報復戦です」

「報復？」

「罪もないのに豚箱に入れられた親分の報復です」

「おみゃあさんところの親分ちゅうと伊丹のことか」

「はい。親分をパクった奴への報復です。そいつは、親分が逮捕されたとき、記者会見でニヤニヤしながら、あくびまでしやがって、ふざけた野郎ですよ。俺ら、ニュースで見てましたけど、西遊記の八戒みたいな顔した奴です」

「ち、ちっと待っとれや」

立会人に被疑者の監視をさせておいて、杉本は取調室の外に出た。そこから管内電話を使って藤江に連絡を取った。

「室長、杉本です。野郎が妙なことを言い始めました」

「ほう、どういうことですか」

「今回の誘拐は親分の伊丹を無実の罪でパクった奴への報復だと言っております。しかもそいつは、西遊記の八戒のような顔で、伊丹逮捕の記者会見でニヤニヤしながらあくびまでしてたとのことです。いったい誰ですかね、そんなあほ面を全国ネットで晒す奴は」

「ええっ。わかりました、至急調査します。そうすると、被疑者は『身代金目的ではない』と言ってるんですか？」

「いいえ、身代金要求の件は認めていますが、こいつらはただの手足です。これからじっくり指揮命令系統を聞き出しますが、なにせ明日は検察庁に身柄を送りますから、今日は主要部分だけでやめます。本人も相当迷っているようで、弁護士の接見があればまた態度を変えるかもしれません」

「わかりました。よろしくお願いします」

「了解」

藤江は極興会系弘辰会組長伊丹勝の資料を取り寄せた。

伊丹の無罪事件とは、平成十二年、京都府警によるけん銃不法所持の「同時携帯」という、共謀共同正犯に基づくものだった。組長本人がけん銃を携帯していなくても、組長をガードする目的で部下に直近でけん銃を所持させていた場合に、組長自身も、けん銃携帯の共犯とされるケースである。

「パクった奴」——当時の京都府警本部長はすでに退職して現在は自動車教習所協会の理事だ。刑事部長は現在刑事局審議官の木村公一《きむらこういち》。木村は将来の総監候補だ。事件の帳場が置かれた川端警察署長は……。

その名前を見た藤江はハッとした。

大前哲哉！

「大前哲哉か……繋がった。知らないのはあいつだけなのか……大前の身辺を当たる必要がある」

藤江は大前の身辺を至急チェックするよう指示を出した。

同時に、極興会の実態調査が始まり、警察庁刑事局組織犯罪対策部への協力も正式に要請された。極興会が関西系であるため、警視庁の組織犯罪対策部では情報力に限界があったからだ。

こういう場合、警察庁の組織犯罪対策部がいまだに刑事局の中にあるのは、暴力団に関する情報管理と分析、犯罪収益移転防止のうえからも有利だ。藤江のもとには極興会に関する情報が続々と入ってきた。

殺風景な官舎の室内だが、高層ビルの二十一階で、毎日、新宿の高層ビル街と新宿御苑の緑を眺めることができる。

在韓国日本大使館勤務で覚えた人参茶を飲みながら、六時のテレビニュースと役所からのＦＡＸを確認するのが、藤江の一日の始まりである。

すでに新潟の事件は大々的に報道され始めている。押収された覚せい剤は百キロを超えていた。藤江はこれからの捜査の組み立てを考えながら、シャワーを浴びてピンクのボタンダウン半袖シャツにベージュのチノパンをはいて部屋を出た。

出勤するとそのまま大石刑事部長室に直行した。そのとき、部長室前の別室控え室にジャパンテレビ報道局長、加藤正一郎がいるのに出くわした。部長への取材に来ていたのだ。

藤江は加藤に軽く会釈して、足早に過ぎようとしたが、つかまってしまった。

「藤江室長、あの件はどうなったのですか？　室長自身、どこかへ出張されて連絡がつかない状態というのは、ちょっとまずいんじゃないですか。室長は広報責任者も兼ねていらっしゃるわけで……」

加藤の目には明らかに怒気がこもっている。

「いえいえ、私は新設ポストの特別捜査官として、他県の情勢を確認に行っただけで、警視総監決裁をいただいたうえでのことですから、何ら問題はありませんよ」

「しかし、誘拐事件はどうなったのですか」

直球を投げてくる。藤江は、当然ここは知らぬ存ぜぬを貫く。

「わからないなあ、被害者に事実確認は取ったのですか」

「いや、夏休み中ということでコンタクトが取れていないのです」

犯人との交渉ごとで、重田家の人々もかなりの役者になったなあ――藤江は心中、にこりと笑っている。

「被害者なき誘拐事件というのは聞いたことがないな。帳場はどこにあるんですか」

「いや、それが、中央署も田園調布署も何も知らないと……」

加藤は困り切っている。

「それじゃあ、私から何も話す内容はないじゃありませんか」

「誤魔化さないでください。私は、誘拐事件の発生は確認しているんです。私が被害者の関係者に捜一に相談するよう教えたのですから、間違いはないんです」

「ほう」

藤江は眉を上げた。

「いや、あなたは何かを隠している」

「警察官はマスコミの方に対しては、なんらかの部分は隠し事がなければ生きてはいけないものですよ。その位のことはあなたなら当然ご存じのはずでしょう」

「しかし、それとこれとは……」

ちょうどそのとき、部長別室の担当者が加藤を迎えにきた。

「では、これで。後ほどお邪魔してもよろしいですか?」

「はい、結構ですよ。本日は本庁舎のデスクに在席しておりますので」

藤江のデスクは警察総合庁舎だけでなく本部庁舎六階にも用意されている。部外者やマスコミを特別捜査室に入れる必要はないからだ。

加藤の焦りはわからないでもないが、誤魔化せることはとことん誤魔化して、嘘だけはつかない方針を堅持することで、当面はやっていくしかない。そのうちに抜かせてやろう——藤江は温情も持ち合わせている。

加藤局長の取材が終わったのだろう。十五分後に刑事部長室の担当者が迎えにきた。

「失礼します」

「おお、入れ。今日は新件だな」

逮捕被疑者を検察官に初めて送致することを新件送致、略して新件という。

「はい、帳場がないというのも、物理的には実にやりにくいものです」

今回の捜査では捜査本部を所轄に設置せず、捜一の特別捜査室内に設置したため、通常の捜査本部態勢ができていなかった。捜査そのものは所轄に気を使わず楽ではあったが、留置人の出し入れや、取調べの立会人など、人員を割かれてしまうのは仕方なかった。

「そうだろうな、お前一人であれこれやらなければならないからな。しかし、これで少しは後継者が育ってくれるんじゃないか？　そういえば、今ジャパンテレビの加藤が来て、おまえのことを話していたぞ。私にも今回の件を執拗に聞いてきたが、そら惚《とぼ》けておいたからな」

「はい、ありがとうございます。彼も狐につままれたような感じなんでしょう。事件が固まった段階で抜かせてやってもいいかなと思っております」

藤江は、今回の情報が警察官である大前哲哉から漏れていただけに、加藤を少し気の毒に思っていた。

「そんなに気をつかわなくてもいいさ。それで、どうなんだ、体制と進捗状況は」

「はい、少しずつですが、いいかたちになってきていると思います。ところで、今回の誘拐事件の背後関係がなんとなくですがわかって参りました」

「ほう、そうか、天下の極興会系弘辰会がやる仕事じゃないと不思議に思っていたが、動機はなんだ？」

「はい、弘辰会組長、伊丹の不当逮捕に対する報復です」

「報復？　相手は誰なんだ」

「はい、うちの大前哲哉に対するものと思われます」

「大前？　あの三枝の親族の、あの大前か？」

大石刑事部長は呆れたような顔をして藤江を見た。事件関係者、情報漏洩だけでなく、事件の原因にまで大前が関わっていることに驚きを隠すことができなかったのだ。

「はい。平成十二年のけん銃不法所持事件で組長の伊丹を同時携帯の共謀共同正犯として検挙した際の、京都川端署の署長が大前でした」

「しかし、それは、逆恨みとは言わないまでも、筋が違うんじゃないのか？」

「はい、勾留質問が終わってからでないと深いところまではわかりませんし、詳しい調べもまだできないのですが、今回、軽井沢の責任者から『親分をパクった奴への報復です』という供述が出てまいりました。このときの捜査関係者のなかに大前の名前があるのですが」

大石部長はまだ納得がいかないような顔つきで、首を傾げながら言った。

「なるほどな、しかし、それだけで、あんな手の込んだことをするかな?」

「今後の捜査で明らかになると思います。まだ新潟の覚せい剤ルートからの情報も届いておりませんし」

「そうだな。勝負はこれからだからな」

藤江自身、極興会のナンバー3である弘辰会が組織として動いていただけに、まだ隠れている部分もあるだろうと考えていた。

「ところで部長、先に犯人グループに渡した五千万円が流通してしまう前に、明日、ガサを入れます」

「ほう、あの金のあり場所もわかっているのか」

「はい、全額残っているとは考えにくいので、一つの賭けでもあります。ただ組長の実弟の事務所に運ばれて、それ以降、当該車両が移動していないことが確認されています。別の車両が使われていれば別ですが……」

＊

刑事部長室を出た藤江は自室に戻り、明日からの捜査予定一覧に目を通した。

今回の捜査では逮捕現場や追跡などで動いた者も有能だったが、藤江はその裏方として的確な処理や分析を行った捜査員に感謝していた。おそらく彼らは今回の捜査で警視庁が持つあらゆる情報データの所在とその活用法を習得できたであろうし、管理官クラスも他道府県警や他官庁、民間各社との連携手法を覚えたに違いない。

藤江は自室を出て、庶務担当管理官の席まで足を運んだ。庶務係員があちこちに電話連絡を取りながら事務を行っている。今回の誘拐事件捜査では出張者五十人、ヘリの使用四回、長野県警、新潟県警との捜査共助手続きと警察庁への報告、これに加えて超過勤務の計算から、SATの狙撃銃使用報告書作りまで、ありとあらゆる縁の下の力持ちをわずか八人で分担してこなしていた。

庶務担当管理官の根本《ねもと》が藤江の姿に気づいた。

「室長、我々も連日泊まり込みでした。一般職の加納さんも、連日終電始発の繰り返しでフォローしてくれています」

目の下に薄っすらとクマができているが、根本は快活な笑顔を見せた。

「ありがとうございます。もう少しの辛抱ですが、よろしくお願いします。しかし、大変な量の書類ですね。もっと簡素化はできないんですか」

「はい。こういうところだけはいつまで経ってもお役所仕事なんです。ここは幸いなことに、その道のベテランが配属されていますから、私は助かっていますが、普通の警察官がポッと来ても、何をやっていいのかわからなかったでしょう」

庶務という部門はどこの世界にもあるものだが、なかなかその労苦は評価されないし、現場の人間からも感謝されることが少ない。そのくせ、「資機材がない」だの「出張手当が出てない」だの文句ばかり言われるセクションである。そのなかで、女性一般職員の加納朋子の存在が、この場を明るくしていた。

「室長、ミルクティーです。アイスにしました」

朋子が、管理官の袖机の端にティーカップをふたつ置いた。

「ああ、どうもありがとう。加納さんにも連日迷惑をかけてるね」

「とんでもありません。皆さんはずっと泊まり込みでしたから。でも、室長も、いろんな所に飛んで、各所から指示を出されて、みなさん『うちのボスは今度は何をなさるんだろう』と興味津々で、楽しくお仕事できました」

おそらく、これまでやったこともない仕事の連続で、処理方法を調べるのも大変な負担だっただろう。それを「楽しく」と言ってくれるところが朋子のスマートな感性なのだ。

「ほんとうにご苦労かけたと思いますよ。分析チームも大変だったと思います」

藤江は朋子から根本に目を移した。

「スペシャリスト集団の中にいる喜びを感じますよ」

庶務担当管理官のしみじみとした物言いには真実味が込められていた。

ボスの好みの甘さとミルクの量を熟知した朋子がつくってくれたアイスミルクティーを空けると、「ごちそうさま」と言って藤江は席を立った。

ふと朋子を見ると、彼女もじっと藤江の目を見つめていた。目と目が合って藤江はウンと頷くと、朋子は嬉しそうに頬を染め、藤江のロイヤルコペンハーゲンのマイティーカップを両手で包み込むように取った。

「……オッケー」

藤江は我を忘れて仕事にのめり込むタイプではない。

分析チームの部屋に行くと、情報分析担当トップの女性警部、大谷久美子が一人、デスクに座り、二台のコンピューターを巧みに操って作業を進めているところだった。相変わらず抱きしめたくなるような可愛いオーラを漂わせている。本当は疲れの絶頂にあるのだろうが、それを表には出さない若さと強さがある。

「どうですか、極興会系弘辰会と大前哲哉一族との関係は」

「ああ、室長、お疲れ様です」

いつもの甘えたような声が耳にくすぐったい。

久美子とは警察大学校での講義の夜以来、誘拐事件発生前までは、何度か彼女の部屋で朝を迎える関係になっていた。

「いやいや、大谷さんも家に帰ってないんだって？」

「帰っても一人ですから、泊まり込みも楽しいものですよ。たまには地下のカプセルに泊まっていましたから」

警視庁本部の地下一階には、緊急捜査に従事する捜査員用に、カプセルホテルと同じタイプの休憩施設がある。

「といっても、うら若き女性には酷な勤務だったかな」

「もう三十二ですから、若くはないですよ。それよりも、新しいお仕事が楽しくて……室長からの指示が、私の田舎、豊橋に伝わる抱え花火の火の粉みたいに降り落ちてくるのには驚きましたけど……お陰さまで、他の係員は全員出払っています」

決して嫌みではない。尊敬を込めた瞳で面と向かって告げられ、藤江は胸が締め付けられるような愛おしさを久美子に感じた。

「ああ、確かに思いつきのように思われていただろうな」

「最初はそうでしたけど、だんだん、何の重複も無駄もない指示だったとわかってくると、尊敬を通り越して、頭のなかはどんなだろう……という興味に変わってきました」

「たくさんの偶然や、いろいろな人の能力に助けられた結果ですよ」

「そういう室長って、素敵です」

少し充血した大きな瞳で見つめられ、藤江は一瞬返す言葉を失いかけた。

「ありがとう。大谷さんにそう言われると嬉しいよ。事件発生以来、プライベートでは一度も会えなかったからね」

「今度の事件が解決したら、また、飲みに連れて行ってください」

藤江も二人だけの時間を持ちたいと思っていたところだ。

「いいですよ。僕から言ったらセクハラになるらしいですけど、大谷さんがよろしければ、お誘いしましょう」

「嬉しいです！　庶務の朋子ちゃんも一緒に誘っちゃっていいですか？」

見透かされている――朋子の名前を出されたとき、彼女への淡い思いが顔に出てしまっているのだろうと、藤江は後ろめたい気持ちになった。その一方で、久美子自身が自分との関係を割り切ったものにしたいのかもしれないと、自分勝手な解釈が頭を過ぎる。男としては嬉しいような、寂しいような、なんとも複雑な心境だが、心のなかではホッとしていた――こういうのが俺の生き方なんだろうなあ。

「いいですよ。どこでもご案内いたしましょう」

藤江はそう言って久美子の席を離れた。

「あ、室長、先ほどの、極興会系弘辰会と大前哲哉一族との関係ですが」

振り返ると、久美子が優しく微笑んでいる。そのとき、藤江は本来の仕事を忘れかけていた自分に気づいた。そのことを笑顔で伝えてくれる久美子の機転の良さには、参りましたと言うしかない。

「ああ、何か新しい分析結果はありましたか」

「はい、実は、極興会系弘辰会は三枝清蔵の地元でフロントを出しているのですが、そこが三枝に相当な献金を行っているんです。噂どおりこの地盤を大前哲哉が継ぐことになると、弘辰会はその利権を失う可能性もある様子で……」

「そうか……大前は二重の縛りを受けているのか……」

三枝清蔵代議士は外務政務次官の頃、チャイナスクールと呼ばれている省内の親中国派創設期の幹部と共同歩調をとる政治家だった。さらに北朝鮮の帰還事業に関与した時期もあり、北朝鮮人脈から各種の利権を獲得していたと言われている。党内のみならず、与野党横断的な各国との議員連盟の幹事を務めていることから、外交のプロという評価も高い。それに加え、女優の妻の存在が財界人とのパイプを太くしている。男たちは美しく著名な女性のまわりに群れたがるものである。

これが今回の覚せい剤密輸に絡んだ誘拐事件の大元になっているとすると——藤江は華麗なる一族と思っていた三枝・大前の家族にも、様々な事情が潜んでいることを認識した。

「大谷さん、今の件、もう少し詳しいレポートで、カク秘扱いで上げて貰えますか」

「はい。今日中に上げます」

こう答える久美子はキャリアウーマンの顔になっていた。

「よろしくお願いします」

＊

五千万円の身代金の搬送先である、弘辰会組長・伊丹勝の弟が所有する事務所と自宅の家宅捜索が行われた。運良く、五千万円は事務所の金庫に保管されていた。

「この金が身代金の一部という証拠はあるんか」

怒鳴る組幹部を小馬鹿にするように、取調官がほくそ笑んでいる。

「現金そのものには何の証拠もない。ナンバーを控えているわけじゃないからな」

「ほれみろ。じゃあ何の証拠があるんじゃ」

「お前の所は警視庁職員信用組合と取引でもあるのか」

「なに？」

「ほれ、この札束の帯封の裏側を見てみろ、この十束、一千万円分の帯封をよく見てみんかい。ちゃんと『警視庁職員信用組合』という名前、それに捜査員の印鑑が押してあるだろう。これが証拠だ。何か文句あるのか」

「汚ったねえ真似しやがって」

藤江の指示で、五千万円のうち一千万円分を警視庁職員信用組合から借りてきた現金と差し替えをしていたのだった。

通常、帯封の表には封をされた日付のみが記されているので、現金や搬送ケースに細工をするよりも、これは確実に現金を証拠品として特定できる手法である。現金が本物で数が合っていれば、その現金がどこの金融機関から支払われたものかまで確認する者は極めて少ない。同じように残る一億五千万円にもこのすり替えが行われていた。誘拐や恐喝事件、さらには贈収賄のおとり捜査で用いられる、現金を証拠品とする際の手法だった。

「バカ野郎。金をモノとしか考えていねえから、こんなことに気づかねえんだよ」

取調官は伊丹の弟に強い口調で言うと、捜査員に告げた。

「ようし、ここにいる奴全員引っ張って行け！」

「ふざけんな。お札《ふだ》もなしにそんなことができるわけねえだろう」

「いや、身代金目的誘拐事件の共犯として緊急逮捕だ。文句はないだろう」

「何、何が逮捕だ」

怒号沸くなか、弘辰会の伊丹組長の弟ほか四人が緊急逮捕された。これには中華街から現金を運んだ男も、中華飯店の裏口で重田明子の口を塞いだ男も含まれていた。

この五千万円については、伊丹組長の弟が組長の側近から「若頭の平沢芳雄が身代金二億円を手に入れる」との情報を聞き出し、この上前をはねようと計画したものであることが判明した。若頭の平沢はしぶしぶながら、組長の実弟に譲歩して、近藤企画の梶原に計画変更を命じたという。

五千万円の身代金要求の際の二回の電話はこの組長の弟自身がかけたものだった。犯人側も一枚岩ではないのかもしれない——という藤江の推理は見事に当たっていた。

*

軽井沢で捕まった誘拐犯グループに対する取調べは、十日間の勾留期間を終えたが、さらに勾留が十日間延長されていた。取調べに当たった捜査官から次々に新事実が報告されてきた。最初の情報は覚せい剤ルートに関するもので、この取引のために誘拐事件が決行されていたということも明らかにされた。

極興会では「薬物は御法度」とされていたが、それは表向きのルールに過ぎなかった。売値が仕入れ値の百倍以上になるのだから、これほど利益率がよくて美味しい商売はないし、リピーターの客も減ることがない。捕まったときは破門を覚悟しておけばよく、責任は組ではなく個人で取ればいいだけのことなのだ。

経済ヤクザの平沢もこれに目を付けた。世界の三大麻薬地帯といわれる南米、中東、東南アジアそれぞれの三角地帯に自ら実態調査をしに行き、その中で最も安全にブツを運ぶことができるのが東南アジアのタイルートであることをも把握していた。近年、タイの政情が不安定なため、これに代わる新たなルートを模索していた矢先、つながりができたのが北朝鮮である。北朝鮮が国家事業として覚せい剤を製造していることは公然の秘密になっている。ある脱北者がキロ単位で平沢の元に持ち込んできた。国営工場で精製しているだけに純度も高く、結晶も美しい。

平沢は仕入れ値を聞いて驚いた。タイルートの半額以下なのだ。北朝鮮には中間搾取をするマフィアがいないので、そんな安価が可能になる。運び屋は外交特権を持った政府高官だ。第三国を経由せずに漁船で運ぶ、いわゆる「沖渡し」をすれば税関で引っかかる心配もない。

平沢は北朝鮮ルートの開拓を始めた。ヤクザ社会にも北朝鮮系の者は多かったが、これをまったく使わずに新たなルートを捜したのだ。

あるとき、静岡県に根城をおく宗教団体が北朝鮮に農業指導に行くという情報を得た。この宗教団体を調査すると内部抗争がある団体で、北朝鮮の政治にも積極的に関与していることがわかった。平沢はこの宗教団体にまんまと食い込んだ。

「農業指導」というのはむろん名目で、これだと最低でも半年以上の滞在ができる。土地の改良に始まり、種まきから収穫、その保存までを入れると一年以上の滞在も可能になる。自然なかたちで政府高官との接点をもつこともできる。

平沢はこの宗教団体の農業指導第一陣に同行し、名古屋からのチャーター便で平壌に降り立った。歓迎レセプションは盛大で、「招待所」と呼ばれる貴賓待遇の宿泊施設で歓待を受けた。北朝鮮伝統の接待方法「女性付き」である。

一ヵ月もしないうちに、政府関係者が個人的にアプローチをかけてきた。彼らが求めるものは現金と米だった。現金は円よりドルを欲しがり、米は日本の米なら何でもよかった。

平沢は政府の備蓄米を安く仕入れるルートにわたりをつけていた。政府備蓄米の保管期間は通常三年で、四年目に入ったものを民間に売り渡すのだが、保存状態がよく、かつ全国売れ筋の銘柄米であるため、冷凍食品用などの加工米として需要が高い。

北朝鮮では、米一万キロに付き一キロの覚せい剤と交換できる。政府備蓄米一キロは約三百円、一万キロで三百万円だが、覚せい剤一キロは末端価格で一億を軽く超える。

平沢はこの商売を開始した。拠点は新潟である。米は万景峰号《マンギョンボン》や、その他のチャーター船で運び出し、覚せい剤は「沖渡し」で、ブツの陸揚げまでは北朝鮮の者が行う。北朝鮮人が逮捕されても国外追放だけで済むからだ。

今回の誘拐事件は、このような背景を踏まえ、大口の取引話が北朝鮮から平沢のところに舞い込んだことが一つの要因になっている。

平沢にこの話を持ち込んできたのが、裏金融と北朝鮮の覚せい剤を担当しているフロント企業「近藤企画」代表代行の梶原勝英である。金正日に異変が起き、海外脱出のために多額の資金を欲しがっている輩が蠢いている。取引額は一億五千万――半端な量の覚せい剤ではないのは明らかだ。

平沢は一括購入の必要性を感じた。覚せい剤の価格がある程度一定しているのは密輸窓口が少ないためで、これが分散されてしまうと価格破壊を引き起こす可能性がある。そのとばっちりを受けるのは自分たちなのである。

問題は金の工面だ。一億五千万円の金が用意できないわけではないが、自分の懐を痛めず、日頃の恨みを晴らしつつ、楽しみながら稼ぎたい。そのカモがあの「華麗なる一族」だった――。

衆議院議員の三枝清蔵は地元選挙区の産業廃棄物の処理と埋め立て工事の問題で、弘辰会から役所に圧力をかけて貰った謝礼として、平沢に多額の裏金を渡していた。ところが最近は、閣僚を経験して党のご意見番になったからだろう、組とは距離を置くようになっている。政治家なんてモノは選挙と金が目の前にあれば電信柱にも頭を下げるが、引退を決めてしまえば、もう知らん顔をする。三枝は自ら築いた選挙地盤にも執着はないように見える。

日美商会と平沢の関係は、そもそもこの三枝清蔵の紹介によっていた。日美商会は新工場の建設で地域住民からの反対運動が起こったとき、弘辰会に反対派のリーダーを排除してもらったことがある。これが最初だった。

平沢は、日美商会がその後も新規事業の展開に際して、裏で頻繁に三枝の力を借りていることを知っていた。日美商会と三枝の交渉窓口は専務の重田孝蔵であり、孝蔵の父親が三枝清蔵であることも把握していた。

日美商会も三枝清蔵も平沢にとってはいい金づるだが、今回、大前哲哉が親族であることがわかり、「特別に叩いてやろう」という気になった。弘辰会・伊丹勝組長のけん銃不法所持事件の無罪が確定した段階で、伊丹組長を逮捕した京都府警に対して何らかの報復をすべきだと考えていたのである。どう見ても「狙い撃ち」としか考えられない逮捕劇だったからだ。

だが、憎き大前の親族が経営者であるとはいえ、なにかと美味しい会社を叩いて、今後の旨みを失っては元も子もない。そこで思いついたのが会社ではなく、個人としての重田家を狙う手法である。日美商会が仮に自分たちの仕業と気づいても、かねてからの互いの深い関係から警察に訴えることはできない立場だということも平沢は計算に入れていた。

平沢はフロント企業、近藤企画の梶原勝英を京都に呼び、指示を出した。

「梶原いいか、日美商会の重田の跡取りを誘拐するんだ」

梶原は重田孝蔵の長男誘拐を綿密に計画し、実行行為者には、平沢との打ち合わせで、大前哲哉に復讐の念を抱くタイ人の女性を使うことにした。彼女はバンコクのタニヤ通りにあったカラオケ屋で働いていた当時、大前から、まるでペットを弄ぶかのような、変質的な陵辱を受けていたという。このことを彼女から相談された現地タイ人が話を持ち込んだ先が、日本のヤクザだったのである。

「面白い話があってな。重田の親族に大前哲哉という警察官僚がいるんだ」

「警察官僚ですか？　ちょっと相手が悪いですよ」

「話は最後まで聞け。その警察官僚が、女にだらしねぇ野郎でな、タイの一等書記官時代に、当時はまだ子供だった現地の女をさんざん玩《もてあそ》んだらしいんだよ」

梶原はそこまで聞いただけで、平沢が考えていることの半分以上が理解できた。にやりと笑うと、汚い歯が見えた。

「うまくハメてやればいいんですね」

「ああ。大前のアホはもう一つ許し難いことをやっていたんでな」

平沢は下唇を軽く嚙んで言った。

タイ人が話を持ち込んだというヤクザは様々なルートを駆使し、タイに来ている日本の役人や大企業関係者のスキャンダルを探しては、これを日本に売り込むことを生業としており、極興会本家ではそれを次々とデータベースに登録していた。大前の身元や性癖についても平沢が知ったのもこのデータベースからで、まだ二十二、三で可愛い顔をした問題のタイ人女性をさっそく日本に呼び寄せた。

梶原は新宿歌舞伎町でタイ式のカラオケ店を開いている弟分にこの女を引き合わせ

た。タイ式カラオケ店の仕組みを熟知している彼女を使い、タイで大前が通っていた店と同じ営業スタイルで大前を「はめる」手筈を整えたのである。

このための餌がジャパンテレビ報道局長の加藤正一郎だ。加藤と大前の関係はタイから来た女がよく知っていた。

「加藤という男の行動を洗い出せ。金回り、女の好み、好きな酒、すべて詳細に報告しろ」

梶原は、まず加藤の行きつけの店を確認し、そこに加藤好みのタイ人女性を同伴した。案の定、加藤はすぐにこの女性に興味を示した。すかさず梶原はこの女性を加藤の隣に座らせた。こうして新宿のタイ式カラオケ店の存在を知った加藤を経由して、大前哲哉が梶原の仕掛けた罠にまんまと嵌っていったのだった。

＊

誘拐犯と覚せい剤グループ、さらに組長の弟たちに対する捜査が週明けには起訴になるという情報を担当検事から得た藤江は、刑事部長室を訪れた。

「今日で逮捕から十七日目に入りますが、この半年間、大前の親族に対して弘辰会が組織的に攻撃をしていることもわかりました」

藤江は情報段階の基礎データを刑事部長に示した。

そのひとつに「院内暴力」がある。大谷久美子の分析班が克明なレポートを作成してきた。


（大前哲哉の義兄、三枝憲蔵が勤務していた帝都大学医学部付属病院の場合）


帝都大学病院ではこの六月、脳出血の患者に実施した緊急開頭手術で、頭の左右を間違えて切開し、二ヵ所の穴を開ける医療ミスがあった。

病院の発表によると、入院中の患者が脳出血で昏睡状態となり、緊急開頭手術を実施した。その際に、本来は頭の左側を切るべきところ、右側二ヵ所に穴を開けたが、誤りに気付き直ちに縫合し左側を開頭した。患者は昏睡状態が続いているという。

しかし、病院サイドは記者会見で「ミスによって容体が悪化したわけではない」と抗弁。これが世論の批判を受け、院内暴力も発生した。聞き込み調査によると、第一外科外来診療室にて、次のような応酬が病院関係者とヤクザ者のあいだで交わされている。

「てめえら、俺の弟をこんな目に遭わせておいて、何だ、その態度は」

「ここでは他の患者様に迷惑がかかりますので、別室でお話を伺いたいのですが」

「ふざけんなこの野郎。弟は死ぬか生きるかの間を彷徨ってんだ。おめえが手術して失敗したんだろう」

「いや、私が直接執刀したわけではなくてですね……」

「なに、おめえが記者会見してたじゃねえか」

「私は責任者として会見したまでで」

「おめえは手術室にいたのか、いなかったのか」

「手術室のなかにはおりました」

「そこでなにやってたんだ」

「オペの指揮を取っていました」

「オペ？　こっちが素人と思いやがって、わかんねえ言葉使ってるんじゃねえ、この野郎」

「申し訳ありません、手術の指揮です」

「それで、頭の右と左間違えて穴開けやがったのか」

「申し訳ありません。しかし……」

「しかし何だ、まだ言い訳する気なのか」

ヤクザ者が因縁をつけて乗り込んでくる院内暴力は、この病院でも初めてではないが、不思議なことに、ここ数ヵ月、第一外科で頻繁に起こっていた。まるで一極集中のような形なので、病院内では「第一外科が狙われている。なにかあったに違いない」という噂が拡がり、筆頭教授である三枝憲蔵にとって、毎日が苦悩の連続だった。

憲蔵が医学部の道を選んだのには理由がある。正義感に燃える男なだけに、父親が歩いた政治家という道が嫌いだったのだ。母親は有名女優だが、憲蔵はその仕事には心底理解を示し、役者の世界に憧れさえもっていた。

憲蔵の妻はモデルの大前香織である。憲蔵が三十歳になろうかというときに、母の仕事の関係者が自宅を訪れた。芸能事務所の社長に伴われていたのが大前香織だった。憲蔵は香織を一目見たときから恋に落ちた。香織は女優としての才能も頭脳も優れ、なにより輝くように美しい。彼女の弟二人（大前哲哉と大前赳夫）も東大だったことが、東大三代目のハードルをクリアした憲蔵には嬉しかったということもあるようだ。

憲蔵は外科医としてだけでなく経営手腕にも優れた才能を発揮しており、将来は帝都大学医学部のトップから、学長候補にとまで言われる存在になっていた。しかし、この数ヵ月、彼の勤務先で、まるで彼自身がターゲットになっているかのような院内暴力が連続発生しているため、ある日、憲蔵は病院長から呼び出しを受けた。次のようなやり取りが行われたという。

「三枝先生、『先生が辞めれば手を引く』という妙な手紙が、ここ数日間で何通か届いているのです。先生、何か暴力団関係者との間でトラブルはありませんでしたか」

「実は、私も不思議で仕方がないのです。考えられるとすれば父の関係かと……」

「大先生ですか……。政治の世界も裏は闇だと聞きますからね……わかりました、もう少し様子をみましょう」

「ありがとうございます。もし、相手がわかったら、私自身が会って話をしてみたいと思っています」

「いやいや、そういうことは警察に任せた方がいい。現時点でも本当は警察に相談したいくらいなのですが、どこにどう相談してよいものか……それもわからないのです」

その後、憲蔵は仕事で一度、大きなミスを犯した。それもじつに初歩的なミスだったため、彼はこれを隠蔽しようとした。腹腔鏡手術を開腹手術に切り替え、担当教授に助けを乞うた。担当教授はこれを引き受けて手術は無事に終了したが、これを医療事故と報告することを憲蔵はためらったのだった。

この時、助けてくれた同僚教授はこれを問題としない代わりに、憲蔵をある宗教団体の会合に連れていった。本人は当初これを露骨に嫌がったが、そのうちこの宗教団体には芸能関係者の他、医師、歯科医師、弁護士といった上流クラスの人間が多数入会していることを知ると、宗教に対する抵抗感は薄れた。これには自らのミスを帳消しにしてくれた同僚への負い目があったことも事実だった。ところが、憲蔵はたまたまそのセミナー会場にいた芸能人を好きになってしまった。母親の華やかな仕事の世界を子供の頃から知り、美貌の妻がありながら、これまでにも何度か美しい女性を見ると、つい触手を伸ばす傾向にあったのである。

憲蔵が惹かれた芸能人はこの宗教団体の隠れ広告塔のような存在だったが、彼女のほうも良家の育ちでしかも大学病院の教授である憲蔵に憧れを抱いた。憲蔵は食事やドライブ、そして泊りがけの旅行も彼女と共にするようになった。しかし、二人の関係は写真誌に暴露され、このスキャンダルはマスコミだけでなく、暴力団系右翼団体の格好の餌食となってしまった。右翼団体は憲蔵が勤務する大学病院の他、彼女が所属する宗教団体の各施設、芸能事務所にまで街宣をかけるようになった。この宗教団体はこれまでにも教祖と親族間の遺産相続問題や教団施設の建設問題などでマスコミに何度か取り上げられたという経緯がある。

憲蔵は妻の香織との夫婦の危機は何とか乗り越えることができたが、大学病院にそのままとどまることはかなわなかった。


（大前哲哉の実弟、「テクニカルジャパン社」社長・大前赳夫の場合）


ＩＴ企業の経営者として成功している大前の実弟、赳夫も平沢たちの嫌がらせにあっていた。

六本木ヒルズに事務所を置く「テクニカルジャパン社」は情報通信サービスや様々な部門のソフトに加え、最近ではゲームソフトから生まれたアニメにまで進出している。

赳夫は代表取締役。香織、哲哉の姉兄をもつ。東大工学部在学中に起業し、現在は国内でも若手経済人としてその名が知られている。

昨年、株式を公開し、このときの株価がストップ高になるほど上昇。これで彼は巨万の富を得た。

順風満帆に見えた人生だが、今年の株主総会前に思わぬ事態が起きた。発行株式の二五％を指定暴力団が買い占めていたことがマスコミの報道で明らかになり、株主総会は複数の総会屋や暴力団関係者で大荒れ。議長命令による途中退場者も数名出て、株価は一気に下落した。この株をさらに暴力団が買い占め、現在すでに四〇％近くまでが押さえられる状態に陥っている。

数ヵ月前、暴力団サイドが「株を引き取らないか」と、これまでの最高株価に二〇％上乗せした単価を提示してきた。総額五百億円近い額である。

会社設立以来の危機を迎え、赳夫は警察ＯＢの危機管理担当役員を暴力団と面談させた。

この役員は相手がヤクザであろうが政治家であろうがまったく動じることのない男で、暴力団と面談しているうちに、社内の内部資料が相手方に渡っている可能性があること、平成十二年に、株式公開前で譲渡制限がついている未公開株であったにもかかわらず、一部の株主が譲渡契約をしていたことなどを見抜いた。

「社長、これは長期計画に基づく敵対的買収です。平成十二年当時の株主名簿を見せてください。そのころの社内に間違いなく敵がいます。案外、いまでもいるかもしれません」

緊迫した面持ちの役員から報告を受け、大前赳夫は青天の霹靂の様子だったという。

「どうして、そう言い切れるんです？」

「株の入手状況があまりに不自然なんですよ。本来、会社に譲渡を申請し、許可を得て名義を書き換えるべき株主が、何の相談もなく勝手に手放していることになります。もともとは社長に近い存在の方々でしょう。その背後に何があるか……奴らは八年の年月をかけて、じわじわと旧株主に迫っていたんだと思います」

「八年前に何があったんだろう」

「それは、こちらが訊きたいくらいです。いま、奴らが株の買い戻しを要求しているということは、会社狙いではなく、最初から金目当てということになります。しかも、この時期に……八年前と今年の双方に共通する問題があるはずです」

　赳夫はこの暴力団の背後関係について知りたがった。

「この闘仁会という暴力団は有名なんですか」

「闘仁会そのものは極興会の中では大したことはありません。とは言え、五百人近い組員を抱えています。しかも、ここを実質支配しているのが極興会系弘辰会です」

「そこは、そんなに大きな団体なんですか」

「極興会の三本柱の一つです。闘仁会は弘辰会のフロント企業的存在といってもいいかもしれません」

「すると、我々は蛇に睨まれたカエルみたいなものですか」

「いや、それは、彼らの本当の目的がわかるまではなんとも言えません。彼らの要求は決して適正価格ではありません。損もしていないのに、損失補塡と称して二〇％を上乗せして要求してきているわけですから」

「しかし、買い戻さなければ、今後の会社運営に重大な影響が……」

「そう。変な外資なんかに流れてしまったらどうしようもない。しかし、彼らは今これを他売せず、こちらに一応は返そうとしている。そこをちゃんと認識することが大事だと思いますし、そこに彼らの目的があるのだと思います」

「なるほど、敵の目的がわかれば、こちらの対応にも手段があるわけだ……」

「そのとおりです。私も未だ彼らの本当の目的がわからないのが本音です」


以上が大谷久美子のレポートを元にした分析班の報告である。


「なるほどな、確かに組織的攻撃だな……大前哲哉本人は何も気づいてないのか？」

「はい、そう思われます。一族の中でも、なんとなく浮いているのかも知れません」

「すると、大前本人にも攻撃の可能性があると思うか？」

「はい、否定できないと思います」

「組織防衛か……」

大石刑事部長は腕組みをして目を瞑りながら呟くと、天を仰ぎ見るような格好になった。

「で、藤江、お前はこれをどうしたいんだ？」

こういう報告を行う場合に、次の一手に関する腹案を持っているかどうかで、能力が評価される。しかし、藤江はそんな評価などには関係なく、ただ自分の考えを素早く口にした。

「組対に事実関係を伝え、現時点での被害者全員に弘辰会を告訴させるのが一番早いかと思います。かなり勇気のいることですが、警察がバックに付くことが分かれば、奴らだって激しい抵抗も報復もできないでしょう」

「組対か……」

大石部長もそのうちに組対を巻き込むことになるとは想定していたが、この段階から組対と組むことには情報管理の面からの心配があった。藤江もこれを考慮していたが、止むを得ない事態であるとの判断をしていた。

「そうか、一網打尽にしてしまわなきゃならんな」

一斉検挙という言葉があるが、これを実施するには情報秘匿が最重要だ。大石部長も藤江もこれを一番心配していた。

「はい、ここまで裾野が広いと、現在の私どもの力では限界がありますし、逆に彼らをよく知っている組対の協力を得るのも、今後の捜査だけでなく、組織内の縦割り行政にも一石を投じる意義があると思います」

「わかった。至急、組対部長に話をしてみよう。担当者からお前のところに連絡を入れるようにしておこう」

「ありがとうございます」

「早く、今回の打ち上げ会をやりたいものだな」

「はい、それも近いと思います」

エピローグ

藤江康央《やすひろ》率いる警視庁捜査第一課特別捜査室は組織犯罪対策部と合同で捜査員百二十人を投入し、極興会系弘辰会に対して一斉捜索を行った。これには警視庁、大阪府警、京都府警、兵庫県警と近畿管区機動隊の支援も得た。

これにより、四十丁のけん銃、末端価格百八十億円相当の覚せい剤を押収した他、身代金目的誘拐、威力業務妨害、風説の流布などの共謀共同正犯として、多数の幹部クラスを含む四十人を逮捕した。

弘辰会組長・伊丹勝の身柄こそ捕ることはできなかったが、若頭・平沢芳雄以下の幹部クラスを多数逮捕。この「平沢逮捕」の報に、極興会内だけでなく、全国の指定暴力団に激震が走った。

一部の指定暴力団のあいだでは、ヤクザと警察の全面戦争が始まるのではないかという不安すら起こっていたと後に伝えられた。

この一斉捜索に関する情報は前夜までにマスコミの知るところとなり、警視庁記者クラブだけでなく、様々なマスコミが警視庁組織犯罪対策部長室を訪れた。大石刑事部長はこれを聞いて苦々しく思ったが「組対に知れると、マスコミに流れますよ」というこれまでの噂を確認したに過ぎないことを改めて知った。

大石刑事部長は一斉捜索当日、朝一番の捜索着手時から特別捜査室の指揮所に陣取り、藤江室長と各所の現場の動きをモニターで確認していた。

「全国のガサ状況を、こうして座って見ることができる時代になったんだなあ」

妙な感想を漏らしながら、藤江に向かって満足げに破顔一笑した。

「よく、ここまできたものだ。組織防衛も大変だな……」

「組織防衛もそうですが、これから公判の過程で大前に対する報復の件が明らかになると、奴も一族のなかで苦しい立場になりますね」

藤江は同期の将来を案じている。そういうところもこの男にはあるのだ。

「まあ、余計な高望みはやめて、これからは警察組織のなかで精進することだ。あいつもバカじゃないだろう」

刑事部長は平沢の身柄確保を確認すると、藤江の肩をポンと叩き、

「お疲れさん。少し休んでいいぞ」

そう言って自室に戻って行った。


「藤江先生、いかがお過ごしですか」

韓国歌手のチェ・アジュンから藤江にメールが入った。

事件終了を待ったかのように入った彼女からの連絡に、藤江は一瞬、この女は韓国情報局の人間ではないかという疑念を持った。覚せい剤取引の観点から北朝鮮とのダブルエージェントの可能性も考えてみたが、これに関しては在日本大韓民国民団が既に厳重にチェックを行っているはずだ。仮にそうだとしても、そちらがそうなら、こちらはそれを利用してやるという自信と、やはり彼女にひかれる思いが強く、藤江は思い出のフォーシーズンズに部屋を取った。

部屋に入った途端、アジュンが腕のなかに飛び込んできた。

「藤江先生、逢いたかった」

そのいじらしい情熱を受け止め、藤江はつい先ほどまでの厳しい勤務と疲労を忘れ

たかのように濃厚な蜜の時間に身を漂わせた。

ホテルから戻った翌朝、藤江は二十一階のベランダから都心のビルを眺めながら人参茶を口にしていた。独特の苦みの中にほのかな甘さをもつこの健康茶が、まるで明け方まで一緒だったアジュンの分身のように思えた。

ふと、藤江の頰に秋を思わせる風が吹いた。

頭の中からアジュンへの思いが吹き飛ばされたかのように消え、今回の事件を総括する総合捜査報告書の案文が、新たな井戸を掘り当てたかのような勢いで湧きだしてきたのである。藤江の顔は捜査総指揮官のそれに戻っていた。

一方、内閣参事官・大前哲哉はいまだに歌舞伎町通いを続けていた。お気に入りのタイガールができたのだ。週に二度は例の店を訪れて、裏口続きのホテルで快楽の時間を過ごしていた。

哲哉のお気に入りは自分では二十歳とは言っているが、どう見ても十七、八歳いや、もっと若く見える。

哲哉がこのお気に入りといつものホテルで快楽を貪っていたとき、突然、ホテルの個室の扉が開け放たれた。

「はい、動かないで、そのまま。警視庁生活安全部です。児童買春の現行犯ですから動かないで」

哲哉は一瞬なにがおこったのかわからなかったが、警察を名乗る男たちが発した「児童買春」という言葉を聞いたとき、全身から血の気が引いた。「現行犯」……「逮捕」ということか——。

「あのう、すいません、いま『児童買春』とおっしゃいました？」

「そうです。あなた、この子が二十歳過ぎに見えます？」

「いや、この子が二十歳と自分で言ってるんですよ」

「まあ、それが手口でしょう。しかし、社会通念上、誰がみてもそう見えないでしょう？」

「いや、しかし、私は逮捕されるんですか」

「そうですね、現行犯ですから」

「あのう、弁護士を呼んでもらってもいいですか」

「ああ、いいですよ。でも、警察に行ってからにしてくださいね。そこで、弁護人の選任権は改めて告げられますから。さあ、服を着てもいいですよ」

この会話のあいだにも証拠写真が撮られ、大前哲哉のお気に入りの子は「被害児童」という身分に変わっていた。

大石刑事部長から「大前逮捕」の話を聞いたのは、一斉検挙の翌々日だった。

「なんのための組織防衛だったことやら」

刑事部長の顔には失望の念が浮かんでいた。

「生活安全部は広報するようだ」

藤江は部長室の応接テーブル上に重ねてある「懲戒処分の指針」という小さな冊子を手にとり、パラパラとページをめくりながら、ポツリと一言。

「仕方ありませんね」

それしか口にできなかったのである。

誘拐事件の実行犯であるタイ人女性は大前逮捕と同時に帰国しており、即日、インターポールを通じて指名手配された。

藤江が本部庁舎六階の自席に戻ると、ジャパンテレビ報道局長の加藤正一郎が待っていた。

「大前の弁護士から連絡がありました」

「ああ、そうですか。『スクープにしてくれ』とでも言っていましたか？」

きつい冗談が藤江の口から飛び出した。

「ははは……『報道を止めてもらえないか』と」

この男は、どこまで仕事一途なのだろう。

「なるほど、加藤さんはどうされるのですか？　友達を取るか、スクープを取るか」

「私は報道の人間です。事実を隠す訳にはいきません」

「なるほど……それはそうでしょうね。僕も一つだけ、加藤さんにお話ししておきましょう。今回の極興会の一斉捜索のスタートは、極興会系弘辰会の大前個人に対する遺恨が原因でした。京都府警による、組長・伊丹のけん銃不法所持事件が背景です。半年前に無罪が確定しましたが、その時の帳場が立った川端警察署の署長が大前でした」

「ええっ。すると、誘拐事件はあった訳ですか？」

「それは、公判の過程で明らかになるでしょう。あなたが友達を取るか、スクープを取るかです」

「これから、取材に参ります。ご親切な情報ありがとうございました」

加藤報道局長は意気揚々と部屋を出て行った。

九月の末になってもまだ真夏を思わせる暑さが続いている。夜に入っても熱気はなかなか収まらない。被疑者全員が起訴され、事件は一区切りをみせた。

藤江は大谷久美子と加納朋子に挟まれて、三人で腕を組みながら六本木のミッドタウンにあるリッツ・カールトンの最上階に向かうエレベーターの中にいた。間もなく午後十一時半になろうとしている。白金のフレンチで食事をし、西麻布で飲んできたのだった。「ここで最後のワンショットを飲んで帰りたい」という久美子の提案で、藤江は両手に花という幸福な時間に酔っている。

「ねえ、室長」

あの甘ったるい声と、アルコールが入った妖艶な目つきで久美子が切り出した。

「何かな?」

「私たち、これから、ずーっと、三人でお付き合いしません?」

「ええっ。『ずーっと』って、どういうこと?」

「秘密の関係。ね、朋子ちゃん」

久美子は朋子の顔を見て、朋子が頷くのを確認して続ける。

「朋子ちゃんと二人で相談したんです。朋子ちゃんも室長のこと好きだし、私もそれでもいいかなって……」

腕にしがみつかれ、二人の胸の柔らかさを両腕に感じながら、藤江は酔った頭で美しい花を見比べた。こんな誘惑は想定外だった。

エレベーターの扉が開き、照明を抑えた広いラウンジにゴールドのシャンデリアが深い輝きを放っている。その豪華な空間から、女性歌手が歌う「レット・イット・ビー」の曲が聞えてきた。

見覚えのある、いやこの両手が覚えている抜群のプロポーションだ。藤江の頭のなかで非常ベルが鳴り響いた。

アジュンだ――「レット・イット・ビー」の歌詞がコリア語に変わっていた。柔らかいフランス語のように聞える。

ふと右手を上着のポケットに入れると、そこに小さな冊子が入っていた。取り出して見て我に返った。刑事部長室の応接テーブルにあった「懲戒処分の指針」。

――やっぱり、ありえないよなぁ。

久美子と朋子は相変わらず藤江の左右の腕にしがみついていた。藤江は二人の顔を交互に見て腕を離し、向き直って宣言した。

「ここまで来て？」

藤江は二人の顔を交互に見た。この愛らしい女性たちが僕の仕事を支えてくれているんだよな。

「えーっ！　どうして？」

「門限前に帰ろう」

曲目が「ハロー・グッバイ」に変わっていた。

エレベーターを呼ぶボタンを押し、到着の音がして扉が開くと、アジュンに後ろ向きのまま手を挙げた。急に不機嫌そうになった二人の美女の肩を軽く押さえて、再びエレベーターに導く。

特別捜査室長・藤江康央の心に、安堵の風が染み入った。

本書は二〇〇九年九月に新潮社より刊行されたものを加筆、修正したものです。

この作品は完全なるフィクションであり、登場する人物や団体名などは、実在のものといっさい関係ありません。

|著者|濱 嘉之　1957年、福岡県生まれ。中央大学法学部法律学科卒業後、警視庁入庁。警備部警備第一課、公安部公安総務課、警察庁警備局警備企画課、内閣官房内閣情報調査室、再び公安部公安総務課を経て、生活安全部少年事件課に勤務。警視総監賞、警察庁警備局長賞など受賞多数。2004年、警視庁警視で辞職。衆議院議員政策担当秘書を経て、2007年『警視庁情報官』で作家デビュー。他の著作に『警視庁情報官　ハニートラップ』『警視庁情報官　トリックスター』『警視庁情報官　ブラックドナー』『鬼手　世田谷駐在刑事・小林健』『列島融解』などがある。現在は、危機管理コンサルティング会社代表を務めるかたわら、TV、紙誌などでコメンテーターとしても活躍している。

電子《でんし》の標的《ひょうてき》　警視庁特別捜査官《けいしちょうとくべつそうさかん》・藤江康央《ふじえやすひろ》

濱《はま》 嘉之《よしゆき》
© Yoshiyuki Hama 2013
2013年1月16日第1刷発行

講談社文庫

定価はカバーに
表示してあります

発行者――鈴木　哲
発行所――株式会社　講談社
東京都文京区音羽2-12-21　〒112-8001
電話　出版部（03）5395-3510
　　　販売部（03）5395-5817
　　　業務部（03）5395-3615

デザイン―菊地信義
製版――大日本印刷株式会社
印刷――大日本印刷株式会社
製本――大日本印刷株式会社

Printed in Japan

落丁本・乱丁本は購入書店名を明記のうえ、小社業務部あてにお送りください。送料は小社負担にてお取替えします。なお、この本の内容についてのお問い合わせは文庫出版部あてにお願いいたします。

本書のコピー、スキャン、デジタル化等の無断複製は著作権法上での例外を除き禁じられています。本書を代行業者等の第三者に依頼してスキャンやデジタル化することはたとえ個人や家庭内の利用でも著作権法違反です。

ISBN978-4-06-277431-4

講談社文庫刊行の辞

二十一世紀の到来を目睫に望みながら、われわれはいま、人類史上かつて例を見ない巨大な転換期をむかえようとしている。

世界も、日本も、激動の予兆に対する期待とおののきを内に蔵して、未知の時代に歩み入ろうとしている。このときにあたり、創業の人野間清治の「ナショナル・エデュケイター」への志を現代に甦らせようと意図して、われわれはここに古今の文芸作品はいうまでもなく、ひろく人文・社会・自然の諸科学から東西の名著を網羅する、新しい綜合文庫の発刊を決意した。

激動の転換期はまた断絶の時代である。われわれは戦後二十五年間の出版文化のありかたへの深い反省をこめて、この断絶の時代にあえて人間的な持続を求めようとする。いたずらに浮薄な商業主義のあだ花を追い求めることなく、長期にわたって良書に生命をあたえようとつとめるところにしか、今後の出版文化の真の繁栄はあり得ないと信じるからである。

同時にわれわれはこの綜合文庫の刊行を通じて、人文・社会・自然の諸科学が、結局人間の学にほかならないことを立証しようと願っている。かつて知識とは、「汝自身を知る」ことにつきていた。現代社会の瑣末な情報の氾濫のなかから、力強い知識の源泉を掘り起し、技術文明のただなかに、生きた人間の姿を復活させること。それこそわれわれの切なる希求である。

われわれは権威に盲従せず、俗流に媚びることなく、渾然一体となって日本の「草の根」をかたちづくる若く新しい世代の人々に、心をこめてこの新しい綜合文庫をおくり届けたい。それは知識の泉であるとともに感受性のふるさとであり、もっとも有機的に組織され、社会に開かれた万人のための大学をめざしている。大方の支援と協力を衷心より切望してやまない。

一九七一年七月

野間省一

講談社文庫 最新刊

濱 嘉之
電子の標的
〈警視庁特別捜査官・藤江康央〉
警視庁捜査一課があらゆる科学技術を駆使して児童誘拐犯を追う、新世代の捜査ドラマ！

高田崇史
QED 出雲神伝説
奈良で起こった密室殺人の謎と、古代出雲にまつわる謎。二つの謎を桑原崇が解き明かす。

羽田圭介
「ワタクシハ」
すべての就活生もその親も、絶対必読！　超氷河期の就職戦線をリアルに描く超話題作。

門井慶喜
パラドックス実践　雄弁学園の教師たち
優秀だが、ある意味特別な生徒が集う雄弁学園。教師たちの興味深い、苦悩の毎日とは？

岡嶋二人
チョコレートゲーム　新装版
近内の息子・省吾の通う名門中学で殺人事件。犯人は省吾？　日本推理作家協会賞の名作。

西村 健
はしご
〈博多探偵ゆげ福〉
ラーメンと博多への愛は誰にも負けぬ探偵「ゆげ福」の麺固《ハードボイルド》ミステリー。〈文庫書下ろし〉

中島らも
ロバに耳打ち
異常な記憶力の幼年期から全てが酒の彼方へ消えるオッサン期まで。ゆるゆるエッセイ。

堀川アサコ
幻想郵便局
就職浪人中のアズサ。アルバイト先の郵便局が何だか変。ほのぼの恐怖の堀川ワールド！

青柳碧人
双月高校、クイズ日和
クイズで閉塞感をブチやぶれ！「浜村渚」シリーズの青柳碧人が放つ文化系青春小説！

西尾維新
xxxHOLiC　アナザーホリック
ランドルト環《かん》エアロゾル
CLAMPの人気コミックに西尾維新が挑んだ小説版『xxxHOLiC』、待望の文庫化。

講談社文庫 最新刊

真保裕一
アマルフィ〈外交官シリーズ〉
周到に計画された少女誘拐。アマルフィとヴァチカンがつながる時、世界が震え上がる！

松宮宏
秘剣こいわらい
脳に障害を抱える美少女が就いたバイトは電器屋会長の用心棒。超ユニークな現代剣豪小説！

津村節子
遍路みち
夫・吉村昭氏の死後三年が過ぎ、再び筆を執った著者が身辺のことを綴った短篇小説集。

石川英輔
実見 江戸の暮らし
目で見て読んで追体験する、歴史資料には記されない、江戸庶民の実生活を徹底ガイド！

本格ミステリ作家クラブ・編
空飛ぶモルグ街の研究〈本格短編ベスト・セレクション〉
有栖川有栖、乾くるみら人気作家の傑作を厳選した年間ベスト10。究極のアンソロジー。

化野燐
迷《まよ》異《い》家《が》〈人工憑霊蠱猫〉
連作妖怪伝奇小説は遠野《とおの》へ。小夜子、白石たちの果てしない戦いの彼方に何があるのか？

岩井三四二
鬼《き》弾《だん》〈鹿王丸、翔ぶ〉
次々と標的を倒していく凄腕鉄砲撃ち。謎の暗殺者を追い詰める甲賀者との命懸けの攻防。

田中慎弥
犬と鴉
芥川賞受賞の鬼才が父と息子、母と息子の息詰まる絆を描ききった現代日本文学の到達点。

井上ひさし
ふふふふ
政治や戦争、憲法問題から執筆秘話まで。今だからこそ読みたい痛快徒然エッセイ第二弾！

リー・チャイルド
小林宏明 訳
アウトロー(上)(下)
トム・クルーズ最新主演映画の原作小説。全米を魅了するヒーロー、リーチャーの戦い！

講談社文芸文庫

戸川幸夫
猛犬 忠犬 ただの犬
動物文学の大家が歩んだ犬との協演。幼少の頃から一人立ちするまで、ときには闘い、ときには涙を流し合ったその間柄は人と人との関係を凌駕する自伝的小説。
解説=平岩弓枝　年譜=中村伸二
978-4-06-290184-0
とH1

吉行淳之介・編
続・酔っぱらい読本
友と飲む酒、一人飲む酒、美味しく飲む酒、酔うために飲む酒、覚めないための酒――豪華多彩な作家が描く、酒にまつわる随筆・詩・落語・イラスト、全二二篇。
解説=坪内祐三
978-4-06-290183-3
よA13

高見順
死の淵より
文芸文庫スタンダード
激動の時代に大いなる足跡を残した「最後の文士」。晩年、癌と闘病する中で見つめた生と死の真実を、終生抱き続けた詩への想いとともに昇華させた、絶唱六三篇。
解説=井坂洋子　年譜=宮内淳子
978-4-06-290185-7
たH4

講談社文庫　目録

早瀬詠一郎　平 手 造 酒《みき》
早瀬　乱　三年坂 火の夢
早瀬　乱　レイニー・パークの音
初野　晴　1/2の騎士
原　武史　滝山コミューン一九七四
濱　嘉之　警視庁情報官〈シークレット・オフィサー〉
濱　嘉之　警視庁情報官 ハニートラップ
濱　嘉之　警視庁情報官 トリックスター
濱　嘉之　鬼《き》手《しゅ》〈世田谷駐在刑事・小林健〉
濱　嘉之　警視庁情報官 ブラックドナー
橋本　紡　彩乃ちゃんのお告げ
馳　星周　やつらを高く吊せ
早見　俊　双子同心捕物競い
早見　俊　右近の鯔背《いなせ》銀杏《いちょう》〈双子同心捕物競い㈡〉
早見　俊　同心の鑑《かがみ》〈双子同心捕物競い㈢〉
畠中　恵　アイスクリン強し
はるな愛　素晴らしき、この人生
葉室　麟　風 渡 る
長谷川　卓　嶽《がく》神《じん》〈上・白銀《しろがね》渡り〉〈下・湖底の黄金〉

HABU　誰の上にも青空はある
幡　大介　猫間地獄のわらべ歌
原田マハ　夏を喪くす
平岩弓枝　花嫁の日
平岩弓枝　結婚の四季
平岩弓枝　わたしは椿姫
平岩弓枝　花 祭
平岩弓枝　青の伝説
平岩弓枝　青の回帰(上)(下)
平岩弓枝　青の背信
平岩弓枝　五人女捕物くらべ(上)(下)
平岩弓枝　はやぶさ新八御用帳㈠〈大奥の恋人〉
平岩弓枝　はやぶさ新八御用帳㈡〈江戸の海賊〉
平岩弓枝　はやぶさ新八御用帳㈢〈又右衛門の女房〉
平岩弓枝　はやぶさ新八御用帳㈣〈鬼勘の娘〉
平岩弓枝　はやぶさ新八御用帳㈤〈御守殿おたき〉
平岩弓枝　はやぶさ新八御用帳㈥〈春月の雛〉
平岩弓枝　はやぶさ新八御用帳㈦〈寒椿の寺〉
平岩弓枝　はやぶさ新八御用帳㈧〈春怨 根津権現〉

平岩弓枝　はやぶさ新八御用帳㈨〈王子稲荷の女〉
平岩弓枝　はやぶさ新八御用帳㈩〈幽霊屋敷の女〉
平岩弓枝　はやぶさ新八御用旅㈠〈東海道五十三次〉
平岩弓枝　はやぶさ新八御用旅㈡〈中仙道六十九次〉
平岩弓枝　はやぶさ新八御用旅㈢〈日光例幣使道の殺人〉
平岩弓枝　はやぶさ新八御用旅㈣〈北前船の事件〉
平岩弓枝　新装版 おんなみち(上)(中)(下)
平岩弓枝　極楽とんぼの飛んだ道〈私の半生、私の小説〉
平岩弓枝　ものは言いよう
平岩弓枝　老いること暮らすこと
平岩弓枝　なかなかいい生き方
平岡正明　志ん生的、文楽的
東野圭吾　放 課 後
東野圭吾　卒 業〈雪月花殺人ゲーム〉
東野圭吾　学生街の殺人
東野圭吾　魔 球
東野圭吾　十字屋敷のピエロ
東野圭吾　眠りの森
東野圭吾　宿 命

2012年12月15日現在